Ce livre appartient à

. . . .

. . . .

. . . .

RETROUVEZ Le Club des Cinq DANS LA BIBLIOTHÈQUE ROSE

Le Club des Cinq
La boussole du Club des Cinq
Le Club des Cinq en péril
Le Club des Cinq et le coffre aux merveilles
Le Club des Cinq et les gitans
Le Club des Cinq et les papillons
Le Club des Cinq et les saltimbanques
Le Club des Cinq et le trésor de l'île
Le Club des Cinq joue et gagne
Le Club des Cinq se distingue
Le Club des Cinq va camper
Enlèvement au Club des Cinq
Les Cinq et le trésor de Roquépine
La locomotive du Club des Cinq
Les Cinq à la télévision
Les Cinq dans la cité secrète
Les Cinq se mettent en quatre

Le Club des Cinq

Les Cinq se mettent en quatre

Une nouvelle aventure
des personnages créés par Enid Blyton
racontée par Claude Voilier

Illustrations d'Anne Bozellec

HACHETTE

Hachette Livre, 43, quai de Grenelle, 75015 Paris.

Chapitre 1

Vive les vacances !

« Claude ! dit Mme Dorsel à sa fille. Ne reste donc pas ainsi dans mes jambes ! Tu me gênes. J'irai beaucoup plus vite sans toi pour préparer les bagages.

— Je n'ai pas envie de sortir, répondit Claude en soupirant. Le jardin est noyé sous la pluie. De la fenêtre de ma chambre on ne voit même plus la mer tant la brume est épaisse.

— C'est un temps de saison. Les vacances de Noël commencent aujourd'hui ! »

Ce mot de « vacances » ramena un sourire sur les lèvres de Claude. Grande pour ses onze ans, elle avait un visage ouvert et agréable. Ses yeux, aussi sombres que ses cheveux, coupés court et bouclés, reflétaient une vive intelligence.

« Tu as raison, reconnut-elle. Je ne dois pas me plaindre. Je n'aurais jamais imaginé que papa nous emmènerait tous dans le Midi. Là-bas, nous retrouverons le soleil.

— Je l'espère », dit Mme Dorsel en souriant.

Puis elle poussa gentiment sa fille vers la porte.

« Allons, Claude ! Sois raisonnable ! Laisse-moi travailler et emmène Dagobert. Tu sais que ton père ne veut pas le voir dans les chambres. »

Claude se tourna vers Dagobert, son inséparable compagnon, un chien sans race définie mais au regard « parlant », affirmait sa jeune maîtresse.

« Viens, mon vieux ! lui dit-elle. Ici, nous sommes indésirables. Descendons à la cuisine. Maria aura peut-être quelque chose de bon à nous offrir en guise de consolation. »

Maria était la domestique des Dorsel. Elle vivait avec eux, à Kernach, dans leur villa des *Mouettes*. Ayant vu naître Claude, elle faisait pratiquement partie de la famille. Elle personnifiait l'activité, le dévouement et la bonne humeur.

« Ah ! te voilà, Claude. Et toi aussi, Dago ! Je parie que votre visite est intéressée ! Attendez que j'aie fini de pétrir ma pâte pour la tarte du dessert... Pendant qu'elle reposera, je vous servirai un bon goûter... »

Quand Claude fut installée devant une

tasse de chocolat fumant accompagné d'une grosse brioche, et Dag occupé à ronger un os, Maria sourit :

« J'aime te voir bon appétit, ma petite Claude. Quand tes cousins seront là, je vous mijoterai vos plats préférés.

— Tu es gentille, Maria, répondit Claude. Mais François, Mick, Annie et moi, nous ne t'encombrerons pas longtemps ces vacances-ci !

— Hé, oui ! Ton père n'est pas pour rien un savant très connu ! Vous avez bien de la chance qu'il puisse vous emmener avec lui pendant son congrès, dans cette grande ville où... »

Claude coupa court au bavardage de Maria pour exprimer tout haut sa joie.

« Mes cousins n'en savent rien encore... Ils seront fous de joie, c'est sûr ! Vivement demain ! »

En période de vacances scolaires, M. et Mme Dorsel — oncle Henri et tante Cécile pour les trois jeunes Gauthier — recevaient leurs neveux et leur nièce aux *Mouettes*. Claude attendait donc avec impatience la venue de ses compagnons de jeu...

Par chance, le lendemain, il faisait un temps splendide pour la saison : froid, beau et sec... presque un miracle au bord de la mer !

À onze heures du matin, à peine descendus du bus reliant la gare à la petite ville de Ker-

nach, François, Mick et Annie Gauthier se précipitèrent pour embrasser Claude et ses parents.

« Bonjour, tante Cécile ! Bonjour, oncle Henri !

— Claude ! Quel bonheur de nous retrouver tous ensemble !

— Le Club des Cinq est de nouveau au complet !

— Ouah ! Ouah ! »

Vite assourdi par le vacarme, M. Dorsel retourna s'enfermer dans son bureau. Sa femme chargea Claude d'annoncer à ses cousins le changement apporté au programme des vacances.

« Comment ! s'écria Mick tout réjoui. Nous allons passer la Noël dans le Midi ! Chouette, alors ! »

C'était un garçon du même âge que Claude, aussi vif et dynamique que sa cousine à laquelle il ressemblait beaucoup. Claude étant en général en pantalon, il n'était pas rare qu'on la prît elle-même pour un garçon.

« Magnifique ! dit à son tour François. J'avais bien entendu parler de cette exposition internationale d'astronautique, mais j'étais loin de me douter qu'elle nous vaudrait un agréable séjour au pays du soleil ! »

François était l'aîné des trois Gauthier. Grand et aussi blond que Mick était brun, il avait treize ans... « la treizaine athlétique », disait Claude en riant. Quant à Annie, la benjamine, elle était blonde, elle aussi, avec d'admirables yeux bleus qui reflétaient sa douceur naturelle.

« Moi aussi, déclara-t-elle, je suis bien contente de voyager. Mais dis-moi, Claude, Dag viendra-t-il avec nous ?

— Je crois bien ! s'écria Claude avec élan. Papa sait que j'aimerais mieux mourir que m'en aller sans lui !

— Ha ! ha ! s'exclama Mick en se moquant de sa cousine. Toujours tes grands mots ! Mourir parce qu'on te séparerait de ton bien-aimé sac à puces !

— Sac à puces ! protesta Claude en simulant l'indignation. Tu oses injurier Dag ?

— Oui, oui ! Sac à puces ! Sac à p... !

— Ouah ! Ouah ! Grrr... ! »

Et, d'un même élan, Claude et Dag s'élancèrent sur Mick qu'ils renversèrent sur le tapis où ils firent mine de le mettre en pièces... C'était un jeu, et tous trois le savaient. Claude envoyait quelques bourrades à son cousin, Dag feignait de le dévorer vif, Mick appelait au secours d'une voix chevrotante. François et Annie se tordaient de rire...

Évidemment, ils se gardaient bien d'intervenir.

La porte s'ouvrit brusquement, livrant passage à Maria.

« Êtes-vous devenus fous, les enfants ? Attendez un peu que Monsieur vous entende ! C'est lui qui vous dévorera tout crus pour le moins ! Allez ! Filez vite au jardin tandis que j'aide ta maman à finir les bagages, Claude ! N'oubliez pas que vous partez demain ! »

Joyeusement, les Cinq se précipitèrent dehors.

« Qu'il fait beau ! s'écria Annie.

— Peuh ! répliqua Claude. Ce n'est rien à côté du soleil qui nous attend dans le Midi. Comme nous allons nous amuser là-bas ! Papa sera occupé par son congrès et les savants étrangers avec lesquels il est en correspondance pour ses travaux.

— Autrement dit, souligna Mick, à nous la liberté !

— Au fait, demanda François, où logerons-nous, Claude ?

— Pas à l'hôtel, bien sûr ! Ce serait ruineux et, surtout, Dago risquerait d'être refoulé... Par chance, maman a, là-bas, de lointains cousins qui partent de leur côté pour les sports d'hiver. Ils lui cèdent leur appartement pour la durée de notre séjour. Nous aurons un étage entier à notre disposition.

— Chic ! Est-ce que Maria nous accompagne ?

— Non ! Maman se charge de la cuisine et nous l'aiderons à faire les commissions ! »

Les enfants parlèrent encore un moment des projets de leurs vacances, puis se promenèrent le long de la mer jusqu'à l'heure du déjeuner. Ils occupèrent leur après-midi à des jeux tranquilles car la pluie s'était remise à tomber. Plus que jamais, ils avaient hâte de s'envoler vers le soleil...

Chapitre 2

La vente aux enchères

Ce fut en effet par avion que les Cinq et les parents de Claude firent le voyage.

À leur descente d'avion, les enfants s'entassèrent gaiement dans un vaste taxi. L'appartement prêté aux Dorsel dominait une artère particulièrement animée. Sur un couloir central s'ouvraient des pièces bien distribuées : celles servant de chambres donnaient à l'est, les autres à l'ouest.

M. Dorsel ne perdit pas de temps : il s'enferma dans le bureau-bibliothèque afin de réviser des notes et de donner quelques coups de téléphone.

Pendant ce temps, sa femme installait les garçons dans une chambre et les filles dans une autre.

« Ma cousine a libéré quelques tiroirs et une partie de chacune des penderies. Rangez-y soigneusement vos affaires. Quand vous aurez terminé, venez me retrouver. »

Claude et ses cousins prirent possession de leur nouveau logis et s'extasièrent sur le luxe du mobilier. Dago, comme s'il comprenait, marchait sur le bout des pattes. C'était un chien bien élevé qui savait faire la différence entre le gravier des allées des *Mouettes* et l'épaisse moquette d'un appartement citadin.

Quand les enfants eurent fini de défaire leurs valises, ils coururent rejoindre Mme Dorsel. Elle aussi venait d'achever ses rangements.

« Avant toute chose, déclara la jeune femme, il nous faut aller au ravitaillement. C'est une bonne occasion de reconnaître le quartier. Tandis que ton père s'occupe de son côté, Claude, je vous propose une sortie en ville. »

Rien ne pouvait plaire davantage aux Cinq, impatients de se dégourdir jambes et pattes. La petite troupe se mit donc en route avec entrain.

« Cette ville a l'air très agréable ! déclara François au bout d'un moment. Ces autobus... Cette foule...

— Et ces tours modernes ! ajouta Claude.

— Et ces voitures ! dit Mick.

— Et ces beaux magasins ! » acheva Annie.

Dag ne disait rien, mais Claude devinait ce

qu'il ressentait : en fait, Dago était affreusement vexé qu'on lui eût passé un collier et qu'on le tînt en laisse. Il était habitué à plus de liberté. Claude caressa sa tête hirsute et jugea utile de le réconforter :

« Ne boude pas, Dag ! lui dit-elle. Avec cette circulation, il est plus sage de ne pas te lâcher. Tu es un chien prudent mais tu n'as pas l'habitude des feux de croisement. Je me demande même si tu sais distinguer le vert du rouge... »

Dag, se sentant compris, poussa un « Ouah » de contentement et frétilla de l'arrière-train. Après tout, il était avec Claude ! N'était-ce pas l'essentiel ?

Après avoir repéré les commerçants, les rues voisines, le square situé à deux pas et relevé le numéro des autobus desservant les différents quartiers de la ville, les Cinq aidèrent consciencieusement Mme Dorsel à faire ses provisions.

Tout le monde rentra enchanté au logis.

Après le repas, M. Dorsel exposa son programme... Il serait absent chaque jour, dès le matin, et ne rentrerait que dans la soirée, pour dîner en famille.

« Pendant ce temps, décida Mme Dorsel, nous visiterons la ville en détail, les enfants et moi. Il paraît que les promenades sont belles et les musées remarquables. Et puis... je courrai aussi les ventes publiques.

J'éprouve tellement de plaisir à dénicher de beaux objets anciens ! »

Les enfants sourirent : ils connaissaient la passion de tante Cécile pour les ventes aux enchères.

Claude partageait les goûts de sa mère. Mais, comme elle avait un caractère très indépendant, elle espérait bien ne pas être obligée de la suivre pas à pas. À Kernach, les Cinq avaient toute liberté pour se promener seuls. Ne pourraient-ils également circuler seuls ici ? Claude posa la question à sa mère dès le lendemain matin.

« Maman ! demanda-t-elle à la fin du petit déjeuner. Quand nous serons un peu plus familiarisés avec la ville, nous permettras-tu de flâner de temps en temps sans toi ? »

Mme Dorsel sourit :

« Je ne dis pas non, répondit-elle, si chacun de vous me promet d'être très raisonnable. Et puis, j'ai confiance en François. C'est un garçon qui a le sens des responsabilités.

— Merci, ma tante, dit François un peu confus.

— Tu es l'aîné et tu as du bon sens. Sans toi, ta cousine ferait souvent des sottises. Tu la freines toujours à temps. »

Claude se mordit les lèvres pour ne pas rire. En fait, si François avait de l'influence sur ses cadets, Claude en avait encore plus, subjuguant même le sage François... Vive, dynamique, jamais à cours d'imagination, elle « écumait l'aventure de la vie », selon l'expression de Mick. Autrement dit, perpétuellement aux aguets, elle avait le chic pour se fourrer dans des situations impossibles... et entraînait à sa suite ses cousins émerveillés.

Cette curiosité sans cesse en éveil de Claude l'avait amenée à éclaircir des mystères et même à débrouiller fort habilement de véritables problèmes policiers.

Avec ses cousins et Dago, elle avait fondé le Club des Cinq qui se donnait pour but de résoudre toute énigme passant à sa portée... Et y réussissait la plupart du temps.

Il y avait maintenant trois jours pleins que les Cinq et « tante Cécile » visitaient consciencieusement la ville. Au matin du quatrième jour, Mme Dorsel annonça aux enfants :

« Cet après-midi, si vous le désirez, vous pourrez aller voir un film de Walt Disney sans moi. J'ai l'intention de me rendre à la salle des ventes où se trouvent exposés des objets destinés à être vendus demain aux enchères. Vous n'êtes pas obligés de m'y accompagner. »

Claude fit la grimace. Elle détestait se séparer de Dago. Or, on ne va pas au cinéma avec un chien. Aussi ne laissa-t-elle même pas à ses cousins le temps de répondre.

« Oh ! Maman ! s'écria-t-elle. Si cela ne te

fait rien, je préférerais aller avec toi ! Tu sais que j'aime bien ces ventes, moi aussi ! »

François et Annie firent chorus :

« Nous aussi ! Nous aussi ! Emmène-nous, tante Cécile !

— Comme vous voudrez ! Si j'en crois le journal, il s'agit de la dispersion des biens d'une certaine Germaine Langlois, récemment décédée sans héritiers. La nature des objets qui seront mis en vente demain m'intéresse au plus haut point : meubles anciens et bibelots précieux. Aujourd'hui, ils sont exposés dans la salle numéro 8 où les curieux aussi bien que les amateurs d'antiquités sont admis à les examiner.

— J'adore les bibelots ! déclara Annie.

— Cette exposition aidera à nous former le goût », ajouta François, d'un ton mi-sérieux mi-malicieux.

Mick aurait mieux aimé voir un dessin animé que de piétiner devant des vitrines. Mais comme il aurait été le seul à protester, il jugea plus prudent de se taire.

Vers deux heures de l'après-midi, Mme Dorsel et les Cinq partirent en taxi.

La salle des ventes se dressait à l'autre bout de la ville. La salle numéro 8 était déjà envahie par une petite foule qui admirait les meubles et les bibelots exposés. Des appariteurs surveillaient discrètement les allées et venues.

Les vitrines contenant les bibelots se trouvaient près de l'entrée. Il y avait là des saxes ravissants, des petits bronzes et, surtout, des jades et des ivoires de toute beauté. Mme Dorsel et les enfants les contemplèrent un moment, puis passèrent aux meubles. Les plus massifs ne tentaient nullement la maman de Claude. En revanche, elle tomba en arrêt devant un petit fauteuil crapaud, d'une facture exquise.

« Que c'est joli ! s'exclama Annie.

— On doit être fameusement bien là-dedans », déclara Mick dont la paresse était bien connue.

Dag, que l'on avait laissé entrer sans histoire, semblait tout à fait de l'avis du jeune garçon. Son air appréciateur fit rire Claude.

« Ce fauteuil t'intéresse ? demanda-t-elle à sa mère.

— Je crois qu'il ferait très bien dans mon petit salon, qu'en penses-tu ?

— Il a beaucoup de classe, dit François.

— Demain, si son prix ne monte pas trop, je tâcherai de l'avoir », décida Mme Dorsel.

Elle aurait bien aimé regarder le meuble de plus près mais un autre amateur, déjà là quand le petit groupe était arrivé, ne semblait pas pressé de s'éloigner. Planté devant le fauteuil, il en palpait le velours fané mais en bon état, suivait du bout des doigts les nervures du bois, examinait le dos et les pieds du meuble.

Enfin, comme à regret, il s'en alla. Claude,

qui l'avait dévisagé discrètement, glissa tout bas à ses cousins :

« Est-il peu sympathique, cet individu ! »

Et, avec une grimace, elle ajouta :

« S'il assiste demain à la vente, je crains qu'il ne donne du fil à retordre à maman. Ce fauteuil a l'air de lui plaire. »

Les craintes de Claude étaient fondées... Le lendemain, quand Mme Dorsel, accompagnée des enfants, se rendit à la vente Langlois, les Cinq reconnurent dans l'assistance l'homme qu'ils avaient remarqué la veille.

« Tu vois, murmura Claude à Mick, j'avais raison... Notre amateur de crapaud est revenu.

— Crapaud lui-même ! répliqua Mick en riant. Cet homme a une tête de grenouille. »

Annie se retint de pouffer. L'inconnu ressemblait effectivement à un batracien avec sa grande bouche aux lèvres minces et ses yeux globuleux énormes.

La vente commença. Différents meubles furent adjugés. Enfin deux commis apportèrent le fauteuil qui plaisait à Mme Dorsel et le placèrent bien en évidence, face au public.

Le commissaire-priseur fit une proposition.

« Mise à prix, cent francs ! annonça-t-il.

— Cent cinquante !

— Deux cents francs !

— Deux cent cinquante ! »

Les enchères eurent vite fait de monter, car

le meuble était vraiment de qualité. Passé six cents francs, toutefois, il ne resta plus que Mme Dorsel et « Tête-de-Grenouille » à se disputer le fauteuil.

« Six cent cinquante ! lança l'homme.

— Sept cents ! jeta, un peu à regret, la maman de Claude.

— Sept cent cinquante.

— Huit cents francs ! »

Les enfants n'ignoraient pas que « tante Cécile » avait décidé de ne pas dépasser cette somme, déjà importante pour elle. En revanche, l'air résolu de son adversaire laissait deviner que celui-ci pousserait fort loin l'enchère. Après les « huit cents francs » proposés par Mme Dorsel, Claude et ses cousins eurent un instant d'espoir. Tête-de-Grenouille venait d'être pris d'une quinte de toux qui l'empêchait de parler. Le commissaire-priseur leva son marteau.

« Huit cents francs, une fois ! Huit cents francs, deux fois !... » commença-t-il.

Les enfants savaient que, lorsqu'il aurait annoncé « Huit cents francs, trois fois ! » et que son marteau retomberait sur la table avec un bruit sec, l'adjudication serait chose faite : le fauteuil appartiendrait à Mme Dorsel.

Hélas ! Ne pouvant parler, Tête-de-Grenouille amorça le geste de lever la main. Cela équivalait à une surenchère. Mais, en une fraction de seconde, la catastrophe fut évitée.

Un remous dans l'assistance fit perdre l'équilibre à Mick qui, machinalement, se raccrocha à son voisin le plus proche : Tête-de-Grenouille lui-même ! Celui-ci ne put achever le geste commencé... et le marteau retomba.

Le fauteuil venait d'être adjugé à Mme Dorsel. Heureuse, la mère de Claude se félicita tout bas d'être devenue propriétaire du ravissant petit meuble.

« Sans moi, dit Mick en souriant, elle ne l'aurait jamais eu. Quelle veine qu'on m'ait poussé sur ce désagréable bonhomme, juste au bon moment !

— J'espère que tu ne t'es pas suspendu exprès à son bras ? hasarda François, méfiant.

— Pour qui me prends-tu ? » protesta Mick.

Vexé, il ajouta d'un air vertueux :

« Le procédé n'aurait pas été honnête !

— En tout cas, le hasard a bien fait les choses ! » conclut Claude tandis qu'Annie se réjouissait de voir avec quel entrain sa tante réglait les frais.

Mais si Mme Dorsel était enchantée, son adversaire, lui, ne l'était pas. Ce fut avec un sourire visiblement forcé qu'il l'aborda, à l'instant même où elle dictait l'adresse où devait être livré le fauteuil : Résidence des Orangers, 16, boulevard des Orangers, au deuxième étage... !

« Excusez-moi de vous importuner, madame, commença-t-il, mais je tenais énormément à avoir le fauteuil que vous venez d'acquérir. Ce meuble a une grosse importance pour moi. Puis-je vous demander la faveur de vous le racheter... bien au-dessus de son prix ? »

L'homme était fort bien habillé. Il s'exprimait avec correction. Néanmoins, ses paroles semblaient contenir une vague menace. Il paraissait sûr de son fait. Cette attitude déplut à Mme Dorsel.

« Je regrette, monsieur, dit-elle avec froideur, mais moi aussi je tiens à ce fauteuil. »

L'homme tenta de discuter. Elle coupa court à l'entretien : les gens, autour d'eux, réclamaient le silence pour pouvoir suivre le déroulement de la vente aux enchères. Furieux, Tête-de-Grenouille gagna la sortie à grands pas.

« Encore heureux qu'il ne m'ait pas remarqué ! murmura Mick. Après lui avoir fait rater son coup — bien involontairement, je t'assure, François —, j'ai plongé sous son coude pour me glisser près de vous. Il n'a pratiquement pas eu le temps de me voir. C'est une chance ! »

Mme Dorsel et les enfants s'amusèrent encore un moment à suivre la vente. La maman de Claude se laissa à nouveau tenter par un meuble qu'elle n'avait pas remarqué la veille, bien qu'il fît lui aussi partie de la succession Langlois. C'était un très joli petit secrétaire, genre « bonheur-du-jour », qu'elle obtint à un prix assez bas et qu'on promit de lui livrer le lendemain, en même temps que le fauteuil. Elle se proposait de faire transporter par la suite les deux meubles chez elle, à Kernach.

Dago, cependant, commençait à en avoir assez de piétiner parmi la foule. Aussi Mme Dorsel et les enfants quittèrent-ils la salle des ventes pour une promenade dans un square voisin... Tante Cécile était toute contente à la pensée des jolis meubles qu'elle venait d'acquérir. Il lui tardait d'être au lendemain pour les regarder à l'air. François, Mick et Annie étaient heureux de sa joie. Mais une pensée tracassait Claude.

« Pourquoi, se demandait-elle, Tête-de-Grenouille était-il si désireux de racheter le fauteuil, même au-dessus de sa valeur ?... C'est bizarre ! »

Le lendemain, le fauteuil crapaud et le petit secrétaire furent livrés en fin de matinée. Pendant que Mme Dorsel donnait un pourboire aux camionneurs et les raccompagnait à la porte, Claude et ses cousins transportèrent les meubles sur le balcon, pour les admirer au grand jour avant de les brosser et de les astiquer.

Mme Dorsel avait à peine refermé la porte sur les livreurs que la sonnette de l'entrée retentit de nouveau. Surprise, car elle n'attendait plus personne, la maman de Claude ouvrit...

Chapitre 3

Le testament secret

Sur le paillasson se tenait l'inconnu qui, la veille, lui avait si âprement disputé le fauteuil crapaud. Il s'inclina presque servilement devant elle et, avec courtoisie, prévint ses protestations :

« Je vous en prie, madame, ne m'éconduisez pas avant de m'avoir entendu... Une raison importante m'oblige à vous déranger. J'en suis le premier navré, croyez-le... »

Indécise, Mme Dorsel lui permit d'entrer dans le hall puis, debout devant lui, attendit qu'il s'expliquât. Il commença par se présenter :

« Je m'appelle Ernest Pradier et tiens une

boutique de bimbeloterie et de souvenirs, avenue des Mimosas. Le fauteuil crapaud que vous avez acheté hier est une pièce que je désire depuis longtemps... Il appartenait à l'une de mes vieilles amies. Je l'ai maintes fois admiré dans son salon. Cette personne est morte et, en souvenir d'elle, j'ai décidé d'acquérir ce fauteuil où je l'ai vue si souvent assise. »

L'histoire aurait pu paraître plausible si le visiteur n'avait eu des manières aussi obséquieuses et si sa voix n'avait sonné aussi faux.

« Je regrette, répondit Mme Dorsel plutôt froidement, mais ce fauteuil me plaît beaucoup. Vous auriez pu choisir un autre souvenir que ce meuble.

— Malheureusement, il se trouve que je tiens particulièrement à ce siège... Voyons, acceptez au moins que je vous fasse une offre avantageuse... Disons mille francs tout rond ! »

L'insistance de M. Pradier irrita Mme Dorsel à qui, par ailleurs, le personnage déplaisait franchement. Elle le pria de ne pas insister, dût-il doubler son offre.

« Je n'en fais pas une question d'argent, dit-elle en conclusion. Je garde mon fauteuil. N'y revenons plus, voulez-vous. »

Claude, qui s'apprêtait à traverser le hall pour aller chercher une brosse dans la chambre de sa mère, s'était arrêtée derrière la porte du salon et entendit, sans être vue, le bref dialogue. Ses cousins la rejoignirent en silence.

Par la porte entrebâillée, ils virent Mme Dorsel reconduire son indésirable visiteur. À peine la porte se fut-elle refermée sur lui que Claude bondit dans le vestibule.

« Eh bien ! dit-elle à sa mère. Ce monsieur ne manque pas de toupet ! Te relancer jusqu'ici pour tenter de racheter le fauteuil !

— Il a dû entendre l'adresse que j'ai donnée hier à la salle des ventes, dit Mme Dorsel, contrariée.

— Et guetter l'arrivée des livreurs ! ajouta Mick.

— Il a l'air de beaucoup tenir à ce fauteuil ! fit remarquer François. Ce petit crapaud est si joli ! »

Claude fronça les sourcils.

« Je ne pense pas que la beauté du fauteuil soit l'unique motif de sa démarche. Il doit y avoir autre chose... Après tout, ce siège n'est pas d'une rareté exceptionnelle. Et le bonhomme mentait certainement en prétendant qu'il y attachait une valeur sentimentale. Comme le lui a fait remarquer maman, il pouvait choisir un autre souvenir.

— Ha ! ha ! s'écria Mick en riant. Voilà notre limier qui flaire du louche !

— Parfaitement ! déclara Claude. Cet individu ne me dit rien qui vaille. Et si je n'avais pas flairé du louche dans d'autres circonstances passées, nous n'aurions pas vécu les aventures qui ont valu leur célébrité aux Cinq !

— Toujours modeste, avec ça, la cousinette ! » chantonna Mick.

Claude, qui n'était pas patiente, s'élança sur le taquin pour le faire taire d'une tape. Dag bondit autour d'eux en aboyant. François s'interposa :

« Cessez de vous chamailler tous les deux ! Occupons-nous plutôt des meubles... Ah ! Voici tante Cécile ! »

Mme Dorsel, qui s'était éloignée un instant, revenait avec une brosse et un petit aspirateur.

« Au travail, mes enfants ! Je vous confie mes précieuses acquisitions. Pendant ce temps, je préparerai le repas. »

Les Cinq passèrent sur le balcon et, pendant quelques minutes, s'activèrent à épousseter le fauteuil et le secrétaire. François et Mick s'étaient emparés du bonheur-du-jour et, après quelques rapides coups de chiffon, entreprirent de l'encaustiquer. Ce n'était pas une petite affaire.

De son côté, Annie, avec des gestes de parfaite ménagère, brossait en douceur le revêtement fané du fauteuil crapaud. Claude, assez maladroite pour tout ce qui concernait les travaux délicats, se contentait de regarder opérer sa cousine. Dag, près d'elle, se chauffait au soleil, savourant béatement la présence de sa jeune maîtresse.

« Ce siège n'est pas très poussiéreux, expliqua Annie entre deux légers coups de brosse.

— Sa propriétaire devait l'utiliser quotidiennement, répondit Claude, et sans doute en prenait-elle grand soin.

— Le plus dur, continua Annie, est de nettoyer l'endroit où le siège rejoint le dossier et le bas des accoudoirs... C'est là que la poussière s'accumule en général. »

Tout en parlant, la petite fille avait introduit sa main menue dans l'espace au bas du dossier. Soudain, elle poussa un cri :

« Oh ! Je sens quelque chose... Un objet a dû glisser là... Mais non... c'est trop gros... on a dû l'y mettre exprès ! »

Claude se pencha en avant.

« Un objet ?... Quoi donc ?... Dépêche-toi de l'attraper ! »

Annie tâtonna un instant encore puis, non sans difficulté, extirpa quelque chose du renfoncement... C'était une boîte ovale, très plate, couleur bleu ciel.

« On dirait un écrin à bijoux ! murmura Claude. Voyons ! Passe-le-moi... »

François et Mick, abandonnant le secrétaire, s'étaient approchés.

« Claude ! Ouvre vite ! » pria Mick.

Claude souleva le couvercle de l'écrin. Aussitôt, les quatre cousins s'exclamèrent.

« Des perles ! s'écria Annie.

— Un collier magnifique ! murmura François.

— J'espère qu'elles sont vraies ! dit Mick.

— Ça m'en a tout l'air ! opina Claude. Courons les montrer à maman ! »

Les enfants ne firent qu'un bond jusqu'à la cuisine, Dag sur leurs talons.

« Maman ! Maman ! s'écria Claude. Regarde ce que nous avons trouvé dans le vieux fauteuil. Qu'en penses-tu ? »

Surprise, Mme Dorsel tourna et retourna entre ses doigts les deux rangs de perles, d'un blanc rosé exceptionnel, qui composaient le collier.

« Ces perles me paraissent avoir un orient remarquable, déclara-t-elle enfin. Mais je ne m'y connais pas assez pour en être certaine. Nous allons mettre ce collier de côté pour l'instant. Nous aviserons plus tard.

— Si les perles sont véritables, demanda Claude, elles doivent avoir une grosse valeur, n'est-ce pas ?

— Énorme, à coup sûr.

— Et elles t'appartiennent ?

— Oui... je le suppose... puisque j'ai acheté le fauteuil et que Germaine Langlois est morte sans testament.

— Je suis bien contente pour toi, tante Cécile ! » dit Annie.

Mais Claude avait en tête autre chose que la fortune qui risquait d'échoir à sa mère.

« Savez-vous à quoi je pense ? s'écria-t-elle

avec sa fougue habituelle. Eh bien, je vous parie Dago contre un régime de bananes que cet individu... Ernest Pradier... savait que le fauteuil contenait ces perles roses ! Et c'est pour se les approprier qu'il tenait tellement à le racheter ! »

Cette fois, Mick ne songea pas à taquiner sa cousine. Claude était le chef des Cinq et le « cerveau » de la bande. D'instinct, ses cousins sentaient qu'elle pouvait bien avoir deviné juste. Sa mère n'était pas loin de penser comme elle.

« Tu as peut-être raison, Claude, lui dit-elle. Mais nous ne pouvons en faire la preuve.

— Cet homme n'a pas l'air honnête ! dit Mick.

— Il ne faut pas juger les gens sur l'apparence. De toute façon, j'ai refusé de l'écouter et j'ai bien fait. Oublions-le, rangeons ces perles et... Ah ! Mon Dieu ! Mon repas est en train de brûler ! »

Tandis que la jeune femme se précipitait sur son fourneau, les enfants retournèrent sur le balcon.

Ils se remirent au travail, mais le cœur n'y était plus. L'histoire des perles roses occupait leur esprit.

« Quelle idée de les avoir cachées dans le crapaud ! dit François tout en astiquant le bonheur-du-jour.

— Drôle de cachette, en effet ! » approuva Mick.

Claude, pratique, était en train d'explorer en détail le vieux fauteuil avec l'espoir qu'il contenait d'autres trésors. Mais elle ne trouva rien... En revanche, Mick fit une découverte... Le jeune garçon s'était donné pour tâche de faire briller les petits boutons de cuivre vissés au centre des tiroirs du secrétaire. Tout à coup, il interrompit sa besogne pour murmurer, d'un air intrigué :

« Tiens ! Il y a là un bouton minuscule, tout noir, presque invisible, qui semble ne correspondre à rien. »

Machinalement, il appuya dessus. Il entendit alors un léger déclic. Puis, sous ses yeux étonnés, une tablette se rabattit, démasquant une cavité horizontale formant tiroir secret.

« Une cachette ! s'écria Mick transporté de joie. Chouette ! Elle contient peut-être un portefeuille bourré de fric ! »

Déjà Claude et Annie se précipitaient.

« Quoi ? Qu'y a-t-il ? Qu'as-tu trouvé ? » s'écria Claude.

Sans répondre, Mick explora la cachette du bout des doigts. Hélas ! Il ne retira du tiroir secret ni portefeuille bien garni, ni bijou : seulement une mince enveloppe d'un blanc jaunâtre, d'aspect très ordinaire, même pas fermée.

Dans son impatience, Claude n'eut pas l'idée de porter l'enveloppe à sa mère. Elle l'arracha des mains de Mick et, fébrilement, l'ouvrit...

Elle en tira un feuillet de papier couvert d'une écriture fine et lut à haute voix :

« Par ce présent papier écrit de ma main, moi, Germaine Langlois, domiciliée 28, avenue des Amandiers, je lègue à mon amie Élise Cassain, en souvenir de moi, le collier que j'ai hérité de tante Flora et qui se compose de deux rangs de perles roses véritables, quatre-vingt-dix-huit au total... »

« Quatre-vingt-dix-huit ! s'écria François. C'est le nombre de perles du collier trouvé par Annie. Je les ai comptées !

— Deux rangs de perles roses ! Il s'agit évidemment du même collier ! ajouta Mick.

— Ce papier est daté d'il y a vingt ans, déclara Claude après un bref coup d'œil sur la feuille. Et Germaine Langlois est morte tout récemment.

— C'est donc une certaine Élise Cassain qui doit hériter des perles ! résuma François. Mais où la trouver ?

— Vous êtes sûrs que cette espèce de testament concerne bien les perles roses que j'ai dénichées dans le fauteuil crapaud ? demanda Annie.

— Évidemment ! répondit Claude. Tu sais bien que le fauteuil et le secrétaire proviennent tous deux de la succession Langlois. Cette personne... Germaine Langlois... est morte sans testament, a-t-on dit. C'est peut-être vrai en ce qui concerne l'ensemble de ses biens. Mais elle a pensé à faire un legs particulier à son amie Élise Cassain, d'où ce papier jauni par le temps.

— Bon ! dit Mick. Montrons cette feuille à tante Cécile ! »

Mme Dorsel ouvrit de grands yeux à la lecture du mini-testament.

« Je ne m'étais donc pas trompée en pensant que ce collier se composait de perles authentiques. Sa valeur doit être grande. »

Comme Mme Dorsel n'était pas d'un naturel intéressé, elle n'éprouva aucune déception en apprenant que les perles ne seraient pas pour elle. Elle réfléchit très vite.

« Cet après-midi, décida-t-elle, j'irai trouver un homme de loi. Je lui montrerai ce papier et lui confierai le collier. Je le chargerai de retrouver la légataire des perles. Cette Élise Cassain vous bénira de lui avoir procuré une véritable petite fortune.

— Oh, maman ! s'écria Claude impulsivement. Pourquoi s'adresser à un homme de loi ? Nous pourrions très bien retrouver nous-mêmes cette personne. Cela donnerait un but à nos sorties. Et tu sais que nous adorons enquêter. »

Mme Dorsel sourit. Tout bien considéré, l'intermédiaire d'un homme de loi était effectivement inutile. Elle savait par ailleurs combien les Cinq aimaient débrouiller les mystères qui s'offraient à eux. La double découverte qu'ils venaient de faire méritait bien une récompense.

« Oh, oui, tante Cécile ! s'écria Mick à son tour. Permets-nous de retrouver nous-mêmes cette Élise Cassain.

— Nous en serions tellement heureux ! assura Annie de son côté.

— C'est vrai, ajouta François de sa voix grave. Et puis, si nous ne réussissons pas, il sera toujours temps d'avoir recours à un notaire ou à la police. Après tout, ce ne sera qu'un retard de quelques jours.

— Et nous nous serons bien amusés ! acheva Claude dont les yeux brillaient de joie anticipée.

— Très bien ! dit alors sa mère. Puisque cela vous fait tant plaisir, c'est entendu ! J'espère seulement que vous aboutirez très vite. Je ne tiens pas à garder longtemps ce bijou ici... C'est une grosse responsabilité.

— Hourra ! s'écria Claude. Voilà du travail pour les Cinq ! Trois fois hourra ! »

Le déjeuner, ce jour-là, fut rapidement expédié. Les enfants essuyèrent la vaisselle, puis Claude invita ses cousins à tenir conseil. Dag, bien entendu, assistait à l'entretien.

« Tout d'abord, dit Claude, je crois que le moyen le plus simple pour retrouver cette dame ou demoiselle Cassain est de regarder si son nom ne figure pas dans l'annuaire du téléphone.

— Très juste ! approuva François en se précipitant sur le gros livre. Voyons un peu... »

Il feuilleta vivement l'annuaire. Penchés sur lui, Claude, Mick et Annie suivaient des yeux le doigt de François qui courait le long de la colonne des « C » :

« Cabrial... Cabrier... Cadoin... Cageol... Cartric... Casier... Cassan... Flûte ! Pas de Cassain !

— Regarde mieux ! conseilla Mick.

— Tu as des yeux comme moi. Pas un seul Cassain !

— Élise Cassain n'a peut-être pas le téléphone.

— Ou bien elle a quitté la ville... si elle y a jamais habité !

— Ou bien elle s'est mariée et porte le nom de son mari.

— Ou elle est morte comme Germaine Langlois.

— C'est fort possible.

— Comment savoir ?

— Ouah ! »

Les réflexions se croisaient, ponctuées de brefs aboiements émis par Dag qui entendait bien participer à cet échange de vues. La déception marquait les jeunes visages.

« Germaine Langlois aurait tout de même pu mentionner l'adresse de son amie ! » soupira Annie.

Mick se frappa brusquement le front :

« J'ai une idée ! s'exclama-t-il. Rendons-nous au domicile de feu Germaine Langlois puisque celui-ci, du moins, nous est connu ! »

Annie ouvrit de grands yeux.

« À quoi cela nous servira-t-il ? demanda-t-elle.

— Eh bien, sur place, nous pourrons rencontrer quelqu'un qui a bien connu Germaine Langlois. Cette personne pourra nous renseigner sur ses amis, son entourage... et nous aiguiller sur Élise Cassain.

— Fort bien raisonné, concéda François. Qu'en penses-tu, Claude ? »

Claude ne disait rien mais réfléchissait, sourcils froncés. Elle hocha la tête :

« Oui, oui, l'idée est bonne, acquiesçat-elle. Ce qui me tracasse, c'est... comment nous déplacer en ville ?...

— Mais..., répliqua Mick, étonné. Par l'autobus, bien entendu ! Non ! par le métro... puisqu'il y en a un désormais. Profitons-en. Il faut aller vite. Finies les lentes balades à pied !

— Justement ! soupira Claude. Si nous devons prendre le métro, nous serons obligés de circuler en trimbalant Dag dans un cabas. Pas question de le laisser à la maison. »

Ses cousins se rembrunirent.

« C'est vrai que l'accès des couloirs et des quais est interdit aux quadrupèdes. Et Dag pèse son poids, l'animal ! »

Un silence tomba. Soudain, le visage de Claude s'éclaira.

« Je crois avoir trouvé un moyen ! dit-elle. Nous fourrerons Dag dans un sac, d'accord ! Mais nous ne le porterons pas.

— Comment ça ?

— Vous verrez. Je me débrouillerai. Donnez-moi quelques minutes et nous commencerons notre enquête. »

Suivie de Dag, elle disparut, laissant ses cousins intrigués. Ils la virent reparaître un instant plus tard, triomphante, un grand cabas à la main, Dag toujours sur ses talons.

« En route ! dit-elle. Droit à l'adresse de cette brave Germaine ! »

Chapitre 4

À la recherche de Mme Cassain

Les Cinq marchèrent d'un bon pas jusqu'à la station de métro toute proche. L'avenue des Amandiers, où avait vécu la propriétaire du collier de perles roses, se trouvait à l'autre extrémité de la ville.

« Il faudra prendre la correspondance à mi-parcours, annonça François... et transbahuter Dago tout le long d'un couloir qui n'en finit pas !

— Ne te tracasse donc pas ! dit Claude avec un sourire. Je vous ai dit que j'avais trouvé le moyen de ne pas traîner de poids... »

Cependant, au moment de passer le portillon, Claude ouvrit son cabas où Dago entra sans protester. Derrière son guichet, la préposée à la vente des billets surveillait la scène

d'un œil morne. Claude et Mick prirent chacun le cabas par une anse. Ils tournèrent rapidement dans l'escalier de gauche, hors de vue de l'employée qui, du reste, ne pensait même plus à eux. Claude ordonna au chien :

« Marche, mon vieux ! »

Mick s'aperçut alors avec stupeur que Dag, effectivement, marchait bel et bien. Le chien avait déplié ses pattes qui, passant à travers quatre gros trous découpés au fond du sac par l'astucieuse Claude, lui permettaient à présent de se déplacer sans être trop gêné. François et Annie s'esclaffèrent.

« Ne lâchons pas les anses ! recommanda

Claude à son cousin. Si nous croisons un employé, je dirai “Terre !” et Dag obéira à l’ordre, comme d’habitude en s’accroupissant. On ne verra plus ses pattes. »

Mick partit à son tour d’un grand éclat de rire. Il n’y avait que Claude pour avoir des idées pareilles : des idées extravagantes, un peu folles même, qui semblaient irréalisables mais qui, en fin de compte, se révélaient généralement très praticables...

Les Cinq atteignirent le quai sans encombre. Une fois là, sur l’ordre de sa petite maîtresse, Dag replia ses pattes et se tint strictement immobile dans le sac posé à terre... Mais des usagers l’avaient vu arriver dans son singulier appareil et de larges sourires s’épanouissaient sur les visages.

Lorsqu’une rame s’arrêta devant les Cinq, Claude et Mick hissèrent dans le wagon le chien toujours docilement tassé dans son cabas. Les quatre cousins prirent place sur deux banquettes se faisant vis-à-vis. Le cabas fut déposé dans l’allée centrale, tout près des jambes de Claude.

« Est-il sage, notre Dag ! dit Annie en souriant.

— Je pense bien ! renchérit François. Il ne bouge pas plus qu’un chien de plomb.

— On dirait qu’il comprend tout à fait ce qu’on attend de lui ! » ajouta Mick.

Claude rayonnait, fière des éloges décernés à son favori.

« Il m'obéit au doigt et à l'œil, expliqua-t-elle. Pour rien au monde il ne bougerait sans ma permission. Ce truc du cabas... ce n'est certainement pas lui qui vendrait la mèche. Il est futé comme pas un ! »

Obéissant, futé, Dago l'était à coup sûr. Et il était également vrai que son intelligence dépassait la normale. Mais, en dépit de ses qualités extraordinaires, il n'en restait pas moins un chien... ennemi héréditaire des chats !

Or, à la seconde précise où Claude vantait ses incomparables facultés, Dag flaira du louche dans le compartiment : tout à l'autre bout, une dame venait de poser à terre un panier suspect... un panier qui remuait faiblement et d'où s'échappait une odeur de... matou !

« Ouah ! » lança Dagobert avec force.

Et, oubliant Claude et ses recommandations, il se mit debout et se rua en avant...

Dans le wagon, ce fut un beau remue-ménage. À la vue du grand cabas ambulant, d'où émergeaient quatre pattes poilues et la tête hirsute d'un chien furieux, les voyageurs réagirent suivant leur tempérament. Les uns se reculaient craintivement sur leur siège, d'autres protestaient, mais la plupart se tordaient de rire tant l'aspect de Dago était cocasse.

Dag, lui, ne voyait, n'entendait personne. En vain Claude le rappela-t-elle à l'ordre. En vain Mick s'élança-t-il à sa poursuite. Déjà, le chien avait bondi sur le panier.

« Ouah ! Ouah ! » lança-t-il encore d'un air triomphant.

Il plaqua sa truffe sur l'osier du panier et souffla avec bruit. De l'intérieur, un « Miaou » de protestation s'éleva, bientôt suivi d'un crachement de colère.

La maîtresse du chat, très émue mais pleine de courage, attrapa Dag par son collier et voulut le tirer en arrière... Trop tard ! Une patte de velours noir — mais armée de griffes solides — jaillit par l'entrebâillement du panier et laboura le museau de l'assaillant.

« Ouah !... Ouillle ! » exhala Dago.

Il avait vraiment l'air stupéfait.

Dagobert n'était pas méchant. Il savait bien, lui, que son attaque n'était que de la frime. Il voulait juste s'amuser un peu. Il ne faisait que suivre la règle du jeu : les chiens devaient épouvanter les chats ! Mais cet idiot de chat, dans son panier, n'avait rien compris.

Piteux, Dago s'immobilisa. Les deux anses du cabas pendaient lamentablement sur ses flancs, renforçant encore l'effet comique produit par l'animal avec son air déçu et son regard qui implorait une explication. Du sang perlait au bout de sa truffe.

« Bien fait ! » dit la maîtresse du chat, satisfaite.

« Pff ! Crrr ! » lança le chat, également satisfait, du fond de son panier.

Quoique navrée pour son bien-aimé chien, Claude était trop mortifiée par sa conduite pour le plaindre. Elle le saisit par son collier, s'excusa auprès de la dame et, tandis que Mick prenait l'une des anses du cabas, elle empoigna l'autre. Les deux cousins, gravement, regagnèrent leur place. Sur leur passage, les rires fusèrent de plus belle. C'est que, dans son désarroi, Claude avait oublié de dire « Terre ! » à Dago et celui-ci, non moins troublé, ne songeait pas à replier ses pattes. Aussi pendait-il dans son cabas, comme dans un hamac, ses pattes ballantes touchant presque le sol.

Quand les Cinq arrivèrent au terme de leur voyage, Claude était encore rouge de confusion, tandis que ses cousins avaient du mal à s'empêcher de rire. Dag, lui, continuait à ne rien comprendre à ce qui lui était arrivé...

Une fois dehors, Claude rendit sa liberté au chien.

« L'avenue des Amandiers doit être cette large artère, juste devant nous », annonça-t-elle.

Les jeunes détectives remontèrent l'avenue jusqu'au numéro 28. L'immeuble où avait habité Germaine Langlois était une bâtisse ancienne, à l'air imposant, à la façade nouvellement refaite. Une vieille gardienne, au visage ridé comme une pomme, se laissa volontiers questionner par les enfants. On la devinait très bavarde.

« Oui, oui, répondit-elle à Claude. J'ai bien connu Mlle Langlois. Pauvre chère demoiselle ! Elle vivait seule, très retirée, et ne parlait pas beaucoup. Elle ne recevait guère de visites... sauf celle d'une très vieille amie à elle, Mme Cassain... Je l'ai encore aperçue le jour de l'enterrement... »

On sentait la concierge heureuse de papoter. Claude bouillait d'impatience. Elle interrompit le flot de paroles.

« Savez-vous si cette dame se prénomme Élise ?

— Élise ?... Oui, je crois... Une fois, j'ai entendu...

— Et savez-vous où elle habite ? demanda à son tour Mick, aussi impatient que sa cousine.

— Ben... pour sûr ! Un jour, Mlle Langlois m'a envoyée chez elle pour une commission et...

— Vite ! Son adresse ! » ordonna Claude.

Son ton impérieux déplut à la concierge. Elle parut se fermer. Annie, pleine de tact, lui fit son plus joli sourire.

« C'est très important pour nous, vous comprenez. Nous devons joindre cette personne pour... pour une communication du plus haut intérêt... »

Elle avait lu ce cliché dans un livre. La gardienne de l'immeuble parut impressionnée.

« Ah ! bon ! fit-elle. Eh bien, Mme Cassain habite impasse des Colibris, quartier des Oiseaux. Ce n'est pas loin d'ici... Juste à une station d'autobus... »

On pouvait s'y rendre à pied en quelques minutes. Claude n'avait pas envie de risquer un nouvel incident avec Dago. Chemin faisant, ils échangèrent leurs réflexions. Annie se réjouit tout haut :

« Comme Mme Cassain va être heureuse d'apprendre que son amie a pensé à lui léguer quelque chose !

— Surtout quand elle saura qu'il s'agit du collier de perles roses ! souligna Mick.

— Nous sommes arrivés ! » annonça François.

Claude frappa au carreau de la loge de la concierge. Une jeune femme, tenant un bébé dans ses bras, ouvrit la porte.

« Vous désirez ? » demanda-t-elle aimablement.

Claude exposa le motif de leur visite. La femme secoua la tête. Elle soupira d'un air triste :

« Je regrette, dit-elle. Vous arrivez trop tard. Mme Cassain est décédée la semaine dernière. Elle avait pris froid à l'enterrement de Mlle Langlois, une vieille amie à elle. Une congestion pulmonaire l'a emportée en quarante-huit heures. »

Les enfants échangèrent des regards consternés. La piste tournait court, et pour cause ! La légataire des perles roses était morte, comme la testatrice...

Claude se ressaisit la première.

« Mme Cassain a peut-être de la famille, suggéra-t-elle... Un mari... Des enfants... ?

— Oh ! Elle était veuve depuis longtemps, à ce qu'il paraît. Mais je crois qu'elle avait une fille.

— Savez-vous où elle habite ? demanda François.

— Non. Je ne suis ici que depuis deux mois et bien incapable de vous renseigner. Mais, dans l'immeuble, il y a certainement des gens qui en savent plus long que moi. La vieille dame était sociable. Elle s'entendait bien avec ses voisins. Peut-être l'un deux vous apprendra-t-il quelque chose. »

Les jeunes détectives décidèrent de faire du porte-à-porte à chaque étage. C'était la meilleure façon de procéder... Malheureusement, la plupart des locataires n'étaient pas chez eux. Mais, sur le même palier que feu Élise Cassain, une vieille demoiselle leur fournit des indications... Après avoir fait entrer les Cinq, elle écouta avec attention l'exposé de Claude et déclara finalement :

« Oui, Élise avait une fille : Denise. Celle-ci s'est mariée très jeune, il y a de cela bien longtemps déjà. À l'époque, j'ai reçu un faire-part... avec sa nouvelle adresse car elle reprenait l'appartement de ses beaux-parents. »

Elle se leva pour trottiner jusqu'à un placard.

« Je n'ai jamais eu l'occasion d'aller chez elle. Je la voyais quand elle visitait ses parents. Pourtant, je crois avoir noté cette adresse sur l'un de mes carnets. »

Elle ouvrit le placard et fouilla longuement dans ce qui semblait être des archives. Enfin, elle poussa un cri de joie.

« Ah ! J'ai trouvé... Denise avait épousé un certain Lucien Landreux... 7, avenue du Parc... Mais habitent-ils toujours là-bas ? Il y a si longtemps... Et Denise n'est pas revenue ici depuis une éternité. Elle était en froid avec sa mère. Une histoire lamentable, comme cela arrive souvent dans les familles. »

Claude s'empressa de noter l'adresse de Denise Landreux. Après avoir remercié son informatrice, elle prit congé d'elle et dégringola lestement l'escalier, suivie de ses cousins et de Dago.

« Ouf ! s'écria-t-elle en se retrouvant dans la rue. À défaut de la mère, c'est la fille qui va hériter des perles roses. Où se trouve l'avenue du Parc, François ? »

François, que l'on prenait rarement au dépourvu, tira de sa poche un plan de la ville et le consulta rapidement.

« Flûte ! s'écria-t-il. C'est du côté du Jardin des plantes... Il faut prendre un autobus ! »

À ce mot d'« autobus », Claude et Dagobert

jetèrent en même temps un coup d'œil à l'immense cabas que portait Mick.

« Allez ! dit celui-ci en riant. Pas d'histoire ! Saute là-dedans, mon vieux Dag, et ne t'avise pas ce coup-ci de sortir les pattes ! Après tout, le trajet est direct. Nous n'aurons que la peine de te hisser et de te descendre. Personne n'en mourra ! »

Vingt minutes plus tard, l'autobus déposa les Cinq devant l'immeuble où — les enfants l'espéraient — habitaient peut-être encore les Landreux.

Chapitre 5

Un mystérieux cambrioleur

Dago, heureux de se dégourdir les pattes, sauta joyeusement autour de Claude.

« Paix, Dag ! Ne fais pas le fou ! Nous sommes en mission ! »

Dag se calma. Les Cinq s'approchèrent de la loge de la concierge pour se renseigner. Un homme, qui balayait le hall d'entrée, leur barra le passage.

« Que voulez-vous, les gosses ? demanda-t-il d'un air bourru.

— Demander un renseignement à la concierge, répondit poliment François.

— La concierge, c'est moi ! fit l'homme, avec un gros rire.

— Alors, monsieur, peut-être pourrez-vous

nous dire si Mme Denise Landreux habite bien toujours ici ?

— Les Landreux ? Pfuitt ! Il y a belle lurette qu'ils se sont cassé le cou en voiture ! Pas étonnant ! Leur gendre conduisait comme un fou ! Les jeunes n'ont plus de bon sens, de nos jours. Pour eux, piloter, c'est appuyer sur le champignon... Voyez où ça les mène ! Moi, si j'avais une voiture... »

Tandis que le grincheux bonhomme continuait à fulminer contre les conducteurs imprudents, Claude et ses cousins gardaient le silence. Tous se disaient que leur enquête risquait de ne jamais aboutir. L'histoire devenait lugubre. À chaque fois que les jeunes détectives croyaient toucher au but, ils se heurtaient à une porte close : la personne qui aurait dû hériter des merveilleuses perles roses n'était plus de ce monde.

Claude, toutefois, avait noté au passage que les Landreux avaient un gendre. Pour avoir un gendre, il faut avoir une fille. Donc, les Landreux avaient une fille ! Mais celle-ci se trouvait-elle avec eux dans la voiture accidentée ? Était-elle morte avec ses parents ou vivait-elle encore ? Autant de points d'interrogation.

Claude coupa court au verbiage du concierge :

« La fille de M. et Mme Landreux habitait-elle avec eux ? Sinon, pouvez-vous nous donner son adresse... et le nom de son mari ?

— Et puis quoi encore ? Vous me prenez pour un bureau de renseignements ! riposta le portier, furieux qu'on ait interrompu sa tirade. Allez, oust ! Débarrassez-moi le plancher ! Vous ne voyez pas que ce sale chien salit mon carrelage avec ses pattes ? »

Claude allait riposter avec son impétuosité habituelle. François, plus diplomate, s'interposa.

« Puisque vous ne pouvez pas nous renseigner, dit-il posément, nous allons questionner les voisins des Landreux. Peut-être pourront-ils nous apprendre quelque chose.

— Plus souvent que je vous permettrai de monter ! explosa le concierge. Je viens de faire l'escalier.

— Nous nous essuierons bien les pieds, monsieur », promit Annie avec un timide sourire.

Mick assura de son côté :

« Et nous porterons le chien.

— Pas question ! Filez en vitesse, vous et votre cabot ! Je n'ai pas de temps à perdre !

— Les concierges se suivent et ne se ressemblent pas ! » murmura Claude en sourdine.

Le désagréable portier l'entendit et, furieux, fit mine de lever son balai pour chasser les enfants. Las ! Il avait compté sans Dago. L'animal, persuadé qu'il voulait du mal à Claude, bondit en avant, babines retrous-

sées, crocs luisants, avec un aboiement terrible.

De surprise autant que de peur, le concierge lâcha son arme improvisée. Claude n'eut que le temps de retenir le chien par son collier. Triomphante, elle s'adressa au méchant homme :

« Vous n'avez pas le droit de nous empêcher de passer ! Encore moins de nous menacer ! Nous ne faisons rien de mal en cherchant à nous renseigner sur des gens que nous essayons de joindre. »

Le visage du concierge, déjà rubicond, se congestionna jusqu'à devenir d'un beau violet aubergine.

« Je... je... Vous... vous..., bégaya-t-il, à la fois effrayé et furieux.

— Si vous insistez, indiqua obligeamment Mick, ma cousine sera obligée de lâcher son chien sur vous !

— Et nous témoignerons tous que vous l'avez attaquée ! » ajouta François à qui l'attitude agressive du portier faisait perdre, pour une fois, son calme proverbial.

À pas prudents, l'homme battit en retraite vers sa loge dont il referma vivement la porte sur lui.

Claude se mit à rire.

« Bah ! dit-elle. Le voilà en sûreté, loin des crocs de Dago. Bravo, mon chien ! Bien travaillé ! Grâce à toi, notre enquête peut se poursuivre.

— Montons vite ! » conseilla Mick.

Tous s'engouffrèrent dans l'escalier. Au premier étage, François sonna à la porte de droite. Une jeune femme lui ouvrit :

« Bonjour, madame, dit-il aimablement. Nous nous excusons de vous déranger, mais nous sommes à la recherche de la fille de M. et Mme Landreux qui habitaient ici autrefois. Connaîtriez-vous par hasard son adresse ?

— Landreux, dites-vous ? Je ne connais personne de ce nom dans l'immeuble... Il est vrai que je n'ai emménagé que depuis peu... Écoutez ! Montez donc au quatrième ! Il y a là un vieux monsieur, un professeur de musique, qui habite dans la maison depuis plus de trente ans. Lui pourra sans doute vous renseigner.

— Merci beaucoup, madame ! »

Les Cinq se hâtèrent de monter à l'étage indiqué. Sur la porte de gauche, une plaque de cuivre annonçait :

Marc SÉRIGNAC
Professeur de Musique

Sans hésiter, Claude appuya sur le bouton de la sonnette. Presque aussitôt la porte fut ouverte par un vieillard de haute taille, légèrement voûté, dont le visage ouvert et le bon sourire attiraient irrésistiblement la sympathie. Son épaisse chevelure blanche lui faisait une manière d'auréole.

« Bonjour, jeunes gens ! dit-il avec gentillesse. Que puis-je pour vous ? Désirez-vous des leçons de piano ? »

Spontanément, Claude lui rendit son sourire.

« Non, monsieur, répondit-elle. Pouvons-nous vous parler un instant en particulier ?

— Volontiers, mon jeune ami, acquiesça Marc Sérignac en prenant Claude pour un garçon. Entrez donc tous les quatre... pardon ! tous les cinq plutôt ! » acheva-t-il en apercevant Dago qui, sur un geste de Claude, s'essuyait très consciencieusement les pattes sur le paillasson... « Est-il amusant, ce chien ! Il est à vous, jeune homme ? »

Claude, toute contente de la méprise — une méprise qui se produisait souvent ! — sourit d'un air amusé.

« Je ne suis pas un garçon, monsieur, expliqua-t-elle à regret. Oui, ce chien m'appartient. Il est aussi intelligent que drôle. N'est-ce pas, Dag ? En ce moment, il nous aide à mener une enquête policière ! » acheva-t-elle avec gravité.

Dag tendit spontanément sa patte à Marc Sérignac qui la lui serra en riant. Claude exposa alors le motif de leur visite... Le professeur de musique fronça les sourcils.

« Je comprends ! dit-il enfin. Hélas ! le concierge vous a bien renseignés. Mes voisins Landreux sont morts, ainsi que leur gendre, dans un accident de voiture. J'entretenais avec eux d'agréables relations. Mais c'est leur fille, Arlette, que vous cherchez à joindre ?... Eh bien, Arlette est toujours de ce monde, fort heureusement ! Je la connais depuis sa naissance. Quand elle était petite, je lui donnais des leçons de piano. Elle a pris goût à la musique et aujourd'hui, à vingt-sept ans, elle est professeur de piano à son tour. Elle doit en effet gagner sa vie et celle de sa petite fille, Mona.

— Comment s'appelle-t-elle ? demanda Claude.

— Et où habite-t-elle ? ajouta Mick.

— Arlette est devenue Mme Trébor. Elle vit actuellement dans un petit deux-pièces, pas très loin d'ici, rue de Santiago. »

Les jeunes détectives se regardèrent d'un air triomphant. Ils avaient enfin l'impression de toucher au but.

« Nous recherchons Arlette Trébor, précisa François, pour lui annoncer qu'elle hérite d'un objet de grande valeur. »

Discret, Marc Sérignac ne posa pas de questions.

« Je m'en réjouis pour elle, déclara-t-il simplement, car Arlette est une jeune femme aussi méritante que peu fortunée.

— Pouvez-vous nous indiquer où se trouve la rue de Santiago ? » demanda Mick, toujours pratique.

Au même instant, un garçon d'environ dix-huit ans fit une entrée bruyante. Dag aboya.

« Ne dévore pas Thierry ! dit Marc Sérignac au chien. C'est mon petit-fils, tu sais ! »

Après des présentations vite faites, Thierry offrit d'accompagner la petite troupe rue de Santiago.

« C'est à deux pas ! Cela vous évitera de chercher et vous économisera du temps. À notre époque de vitesse, faut se grouiller ! »

Les Cinq prirent congé de Marc Sérignac et

suivirent Thierry. Celui-ci était sympathique... et bavard.

« Je vous connais de réputation, dit-il aux Cinq. On a parlé de vous à plusieurs reprises dans les journaux. C'est vous qui avez fait "pincer" le fameux Masque noir, n'est-ce pas ? Et qui avez récupéré l'or d'un galion perdu ?[1]

— Exact ! dit Mick en riant. Tu as une fière mémoire.

— Et vous Cinq une fière réputation !... Dites donc ! Si vous avez besoin d'un coup de main pendant votre séjour ici, je suis à votre disposition. Mon paternel me permet à l'occasion de prendre sa voiture. Ça peut vous dépanner ! Voici mon numéro de téléphone... »

François rangea avec soin le bout de papier dans son portefeuille.

Claude et ses cousins remercièrent leur nouvel ami qui les quitta devant le domicile d'Arlette Trébor. Il s'agissait d'un modeste garni, sans concierge. Sur la boîte aux lettres, Annie repéra l'étage ; au second ! Tous grimpèrent. François appuya sur le bouton de sonnette... Personne ne répondit. Il attendit quelques secondes puis recommença, sans plus de succès. Il fallut se rendre à l'évidence : Mme Trébor était absente !

1. Voir *Les Cinq contre le Masque noir* et *Les Cinq et le Galion d'or.*

« Tant pis ! soupira Mick. Nous reviendrons plus tard ! »

Satisfaits tout de même du résultat obtenu, les Cinq rentrèrent au logis où Mme Dorsel apprit avec satisfaction le résultat de leur enquête.

Les enfants, que leurs démarches avaient fatigués plus qu'ils ne voulaient l'avouer, se couchèrent tôt ce jour-là.

Claude s'endormit le cœur content, en s'imaginant à l'avance la joie d'Arlette Trébor, unique héritière du fabuleux collier de perles roses... Dans la nuit, elle fit un rêve... Les perles roses étaient disposées en rond sur le velours fané du fauteuil crapaud. Soudain, un homme s'approchait : celui que les enfants avaient baptisé Tête-de-Grenouille, Pradier, le marchand de souvenirs. En ricanant, il tendit la main pour s'emparer des perles roses... Claude ouvrit la bouche pour crier. Un sourd grognement s'échappa de ses lèvres...

Claude s'éveilla. Le grognement se répéta. Ce n'était pas elle qui le poussait... mais Dag ! Tout contre la porte de la chambre des filles, la truffe au ras du sol, le chien était en alerte. Claude sauta sur la moquette.

« Chut ! ordonna-t-elle à voix basse tout en glissant vivement ses pieds dans des mules. Laisse-moi écouter ! »

Elle courut coller son oreille au battant, cherchant à surprendre le bruit qui avait alerté Dago. Un craquement, venu du salon, lui parvint...

En silence, Claude alla secouer sa cousine.

« Annie ! Debout ! Dago est sur le pied de guerre ! Je suis sûre qu'un cambrioleur s'est introduit dans l'appartement. Suis-moi sans faire de bruit. Nous allons nous rendre compte...

— Il faut prévenir oncle Henri et les garçons ! murmura Annie.

— C'est ça ! Pour donner l'éveil au voleur et lui laisser le temps de s'échapper ! Allons, vite ! Lève-toi ! »

Annie ne protesta plus et obéit. Claude avait déjà entrouvert la porte. Sa cousine sur les talons, elle passa dans le couloir. Le salon se trouvait juste de l'autre côté. Une très faible lueur filtrait par l'entrebâillement de la porte. Dag ne put se retenir. Avec un aboiement furieux, il s'élança contre le battant qui céda sous ses pattes. Claude, insoucieuse du danger, se rua à sa suite. Annie se mit à crier :

« Oncle Henri ! François ! Mick ! Venez vite ! »

Tandis qu'un vaste remue-ménage animait l'étage, Claude, emportée par son élan, faillit heurter un homme debout près du fauteuil crapaud acheté à la salle des ventes ! À la lueur d'une lampe électrique posée à terre, elle n'aperçut que vaguement sa silhouette

mais eut conscience que l'intrus retirait vivement sa main d'un pli du fauteuil.

« Dag ! Attaque ! »

Le cambrioleur poussa un juron sonore et fila droit vers la fenêtre, grande ouverte sur la nuit. Dag, sans attendre l'ordre de sa jeune maîtresse, s'était déjà précipité à ses trousses. Ses crocs happèrent un bas de pantalon. L'homme se libéra d'une ruade et gagna le balcon... Sans doute passa-t-il de là sur le balcon voisin pour s'enfuir par un escalier de service... Toujours est-il que, lorsque M. Dorsel, sa femme et les garçons arrivèrent, ils ne trouvèrent plus que Claude et Dagobert dans le salon.

« C'était bien un cambrioleur ! s'écria Claude. Je l'ai à peine vu mais je jurerais qu'il s'agit d'Ernest Pradier ! Il était penché sur le fauteuil et semblait chercher quelque chose !

— Les perles roses, parbleu ! lança Mick.

— Voilà qui confirme ce que je pensais déjà, déclara Claude triomphante. Cet individu savait, avant même que le crapaud ne soit mis aux enchères, que le précieux collier se trouvait caché à l'intérieur.

— Et c'est pour cela qu'il tenait tant à racheter ce meuble à tante Cécile ! souligna Annie.

— Ne vous hâtez pas d'accuser sans preuve ! coupa M. Dorsel. Après tout, nous ne savons rien de positif.

— Mais nos hypothèses se tiennent ! fit remarquer François.

— Je ne dis pas. Cependant, la police ne s'en contentera pas. Il lui faut du concret, du solide. Comme apparemment rien ne manque ici, nous avons seulement été victimes d'une tentative de cambriolage. Je le signalerai dès demain matin aux autorités compétentes. Mais je ne peux pas accuser Ernest Pradier. Tu n'as fait qu'entrevoir une silhouette masculine, Claude. Il faut nous montrer prudents... »

Mme Dorsel, après une rapide inspection, confirma que rien n'avait été volé. François et Mick relevèrent quelques traces sur la fenêtre du balcon : le cambrioleur s'était introduit par là. D'avance, M. Dorsel savait que la police ne pourrait pas faire grand-chose à partir d'aussi minces indices.

Claude et ses cousins retournèrent se coucher, fermement persuadés que Pradier était le coupable. Seul François doutait encore.

« Si la police ne peut agir contre lui sans preuves, maugréa Claude en se glissant entre ses draps, rien ne nous en empêche, nous ! »

Et, s'adressant à Dag, le chef des Cinq ajouta :

« N'est-ce pas, mon vieux ?

— Ouah ! répondit le chien avec force.

— En attendant, déclara Annie, il est heureux que les perles ne soient pas restées dans le fauteuil. Le cambrioleur, quel qu'il soit, ne pouvait deviner que tante Cécile les conserve dans son sac à main, en attendant de les remettre à Arlette Trébor. »

Un grognement lui répondit. Claude s'était endormie d'un coup. Dag en fit autant sur la descente de lit. Annie ne tarda pas à les rejoindre au pays des rêves.

Chapitre 6

L'héritière

Le lendemain matin, après le départ de M. Dorsel pour son congrès et tandis que la maman de Claude s'occupait à la cuisine, les Cinq s'attardèrent autour de la table du petit déjeuner pour discuter des événements de la veille.

« Je suis sûre que le cambrioleur n'était autre que Pradier ! répéta Claude.

— Pradier est un commerçant ayant pignon sur rue ! rappela François. Son magasin doit bien lui rapporter. Même s'il connaissait l'existence des perles, ce qui est probable, il se serait contenté de son offre de rachat. Je ne le vois guère s'introduisant dans l'immeuble et faisant de la gymnastique d'un balcon à l'autre pour forcer la porte-fenêtre d'un balcon et fouiller dans le salon.

— Mais qui d'autre, objecta Mick, pouvait savoir tout à la fois que les perles étaient cachées dans le fauteuil et que tante Cécile possédait le meuble ?

— Ce Pradier ne m'est pas sympathique, murmura Annie. Je pense comme Claude, François. Notre visiteur de cette nuit ne peut être que lui !

— *C'est* lui ! affirma Claude.

— Mais comment en avoir la preuve ? » soupira François.

Le chef des Cinq sourit d'un air malicieux :

« Il y a peut-être moyen de savoir. Tenez, regardez ça... ! »

Claude avait sorti de sa poche un bout d'étoffe bleu marine qu'elle agita sous le nez de ses cousins.

« Vous voyez ! C'est un indice que nous devons à Dago !

— Qu'est-ce que c'est ? demanda Annie en ouvrant des yeux surpris.

— Un lambeau arraché par les crocs de Dag au pantalon du cambrioleur... autant dire un morceau du costume qu'il portait cette nuit ! »

Mick se renfrogna.

« Tu nous vois explorant la ville et fouillant toutes les garde-robes masculines à la recherche d'un pantalon endommagé ? Ridicule ! Ridicule et impossible !

— Certainement ! laissa tomber Claude d'un air méprisant. Aussi n'est-ce pas ainsi que j'ai l'intention de procéder. Ce tissu est imprégné de l'odeur de son propriétaire. Dago, grâce à son flair, pourra identifier celui-ci... Je vais le conduire chez Pradier. Si Dag réagit à la vue de cet homme...

— Nous n'aurons guère qu'une preuve morale de plus contre lui ! acheva François.

— Une certitude qui nous permettra d'axer sur lui notre enquête ! rectifia Claude. Car il veut ces perles et ne renoncera sans doute pas à elles si facilement !

— Mais, objecta Annie, si nous allons chez Pradier, il comprendra que nous le soupçonnons... il se méfiera de nous... Il sera alors difficile de le surveiller.

— Bah ! dit Claude avec insouciance. Il ne nous connaît pas. À la salle des ventes, il n'a pas dû nous remarquer dans la foule.

— Sûr ! dit Mick. Et quand il est venu proposer à tante Cécile de lui racheter le fauteuil, nous étions dans la pièce à côté.

— Il a vu Claude cette nuit, dans le salon..., dit François.

— Peuh ! Il a dû entrevoir ma silhouette comme j'ai entrevu la sienne.

— Mais Dago ! fit remarquer Annie, non sans humour. Il a fait plus que le voir, lui ! Il lui a échappé de peu !

— Ouah ! » émit Dag d'un air content de soi.

Claude médita un moment sur la réflexion de sa cousine. Elle pesait le pour et le contre.

Soudain, elle leva la tête. Une lueur de défi passa dans ses yeux.

« Peu importe, dit-elle. Je veux en avoir le cœur net. Mais nous ne brûlerons pas toutes nos cartouches à la fois. J'irai seule avec Dag au magasin de Pradier. Comme il ne vous connaît pas, et si mes soupçons sont fondés, vous pourrez le filer sans danger par la suite. »

François eut beau soulever des objections, Claude s'entêta dans son idée. Une heure plus tard, après avoir présenté le lambeau de pantalon à Dagobert qui le flaira longuement, elle se mit en route avec le chien. Ses cousins, qui avaient tenu à l'escorter, s'arrêtèrent à cinquante mètres du magasin pour l'attendre.

Claude entra hardiment dans la boutique de bimbeloterie d'Ernest Pradier, non sans avoir une fois de plus fait sentir à Dag le morceau d'étoffe arraché au pantalon du cambrioleur.

Le commerçant était seul. À la vue de Claude, il s'avança, un sourire engageant aux lèvres :

« Que puis-je pour vous ? »

Claude n'eut pas le loisir de répondre. Dag venait de reconnaître le visiteur nocturne et se préparait à lui sauter à la gorge.

Claude n'eut que le temps de retenir le chien.

« Excusez-moi ! dit-elle d'une voix posée. Je ne sais pas ce qui lui prend. Il est très doux d'habitude. »

Une lueur d'affolement était passée dans le regard de Pradier, vite remplacée par une autre, de méfiance celle-ci. Claude n'eut plus de doute. Dag venait d'identifier le cambrioleur, mais celui-ci, de son côté, avait reconnu son assaillant de la nuit précédente. Pradier ordonna sèchement :

« Sortez, vous et votre chien ! Les animaux ne sont pas admis dans ce magasin. »

Claude battit en retraite sans insister. Elle commençait à regretter l'impulsion qui l'avait incitée à rendre visite au suspect. Désormais, Pradier serait sur ses gardes.

Elle rejoignit ses cousins à pas lents, l'esprit préoccupé. François lui fit, bien entendu, les reproches auxquels elle s'attendait. Pris par leur discussion, les enfants ne s'aperçurent pas que Pradier était sorti presque derrière Claude et que, après avoir fermé son magasin et accroché un écriteau à sa porte, il l'avait suivie de loin. Le vent, qui soufflait dans sa direction, empêchait Dag de le sentir. À présent, dissimulé derrière une voiture en stationnement, il ne perdait pas un mot de la conversation.

« J'ai peut-être eu tort de pousser cette reconnaissance chez l'ennemi, soupira Claude, mais je suis maintenant absolument certaine que cet homme est résolu à s'approprier les perles roses. Vivement qu'Arlette Trébor entre en possession de son héritage !

— J'ai une idée ! dit Mick. Pourquoi

n'irions-nous pas tout de suite chez elle puisque nous l'avons manquée hier ?

— Oh, oui ! s'écria Annie enchantée. Elle sera heureuse d'apprendre que la fortune lui sourit enfin ! »

Les jeunes détectives résolurent de se rendre à pied chez Arlette : cela leur ferait une promenade... Au moment de pénétrer dans l'immeuble où habitait la jeune veuve, Claude jeta machinalement un regard derrière elle.

« Oh ! s'écria-t-elle en sursautant. J'ai cru voir Pradier s'éclipser au coin de la rue.

— C'est une obsession ! dit Mick en riant. Tu le vois partout, ma parole ! Allez, arrive ! »

Ce jour-là, les enfants eurent plus de chance que la veille. Arlette Trébor en personne répondit à leur coup de sonnette. Elle semblait très jeune avec ses longs cheveux bruns flottant sur ses épaules. Mona, sa petite fille, arriva sur ses talons. Elle était blonde, avec un nez retroussé et un sourire adorable. Elle devait avoir six ans.

Claude se présenta vivement, nomma ses cousins et demanda la faveur d'un entretien privé. Arlette Trébor sourit de la gravité de ses visiteurs.

« Le motif de votre visite est donc important ?

— Très important ! Nous vous apportons la fortune.

— Si vous vendez des billets de loterie...

— Non, non ! Rien de tel ! Écoutez-nous seulement ! »

Déjà, dans un coin de la salle de séjour meublée modestement mais avec goût, Mona faisait connaissance avec Dag. Sa maman invita les enfants à s'asseoir sur des poufs et prit elle-même place devant un grand piano.

« Je vous écoute... »

En se relayant, les enfants la mirent au courant de l'incroyable aventure. Mona avait cessé de jouer avec Dag pour écouter, elle aussi.

« Mais ce n'est pas possible ! Fantastique ! s'écria Arlette quand les enfants eurent fini.

— C'est très vrai au contraire, madame ! affirma Claude. Si vous voulez une confirmation, ajouta-t-elle en désignant un téléphone dans un coin, appelez donc ma mère. Elle vous donnera des précisions... »

Après avoir téléphoné à Mme Dorsel, Arlette n'eut plus aucun doute quant à la réalité de son héritage. Elle donna alors libre cours à sa joie. Pressant sa petite Mona contre elle, elle remercia chaleureusement les Cinq.

« Grâce à vous et à cette chère Mlle Langlois, amie de ma grand-mère, je vais enfin pouvoir mener une vie confortable et gâter davantage Mona... Je peux bien vous l'avouer ! Avec mes leçons de musique, et quelques répétitions que je donne à de jeunes enfants, je gagne tout juste de quoi vivre. La bonne fortune qui m'arrive est providentielle...

— Le collier a certainement une valeur énorme, souligna François. Les perles roses sont très rares.

— Et celles-là sont véritables et si jolies ! soupira Annie qui adorait les belles choses.

— Votre maman, fit Arlette en se tournant vers Claude, vient de me donner au téléphone un précieux avis : faire au plus tôt expertiser le collier, le vendre et placer avantageusement l'argent que j'en retirerai. Je suis décidée à suivre son conseil.

— Parfait ! » répondit Claude avec simplicité.

Arlette Trébor et Mona lui avaient été sympathiques d'emblée. Au bout de quelques instants de conversation, la jeune femme et les enfants devinrent tout à fait amis. Arlette servit des rafraîchissements et des gâteaux secs à ses visiteurs. Dago compris.

« Et maintenant, dit Claude, il ne vous reste plus qu'à venir chercher vos perles à la maison ! »

Arlette sourit d'un air d'excuse.

« J'aimerais bien y aller aujourd'hui même, répondit-elle, mais, cet après-midi, je ne peux guère bouger de chez moi. J'ai une journée particulièrement chargée en leçons. Mais demain... si votre mère peut me recevoir... J'en profiterai pour la remercier de vive voix... J'étais si émue en lui parlant, tout à l'heure, que j'ai négligé de lui demander un rendez-vous ! »

Claude se chargea de réparer cet oubli en appelant elle-même sa mère au téléphone. Mme Dorsel répondit, fort obligeamment, qu'elle ne sortirait pas le lendemain matin et qu'elle recevrait volontiers Mme Trébor à partir de dix heures.

La maman de Mona parut enchantée.

« À demain donc ! dit-elle aux enfants quand ils prirent congé. Et mille fois merci encore !

— À demain ! À demain ! » répéta Mona qui semblait avoir de la peine à se séparer d'Annie et de Dago.

Annie, qui était une véritable petite maman dans l'âme, adorait les enfants. La gentillesse de Mona l'avait conquise. Elle espérait bien que, le lendemain, Arlette amènerait la petite fille avec elle.

Chapitre 7

Aventures souterraines

Cet espoir ne fut pas déçu... Le matin suivant, après avoir fait les courses pour la journée, les Cinq s'installèrent au balcon pour guetter l'arrivée d'Arlette et de Mona... Soudain Mick annonça gaiement :

« Les voici toutes les deux ! Elles ont dû venir à pied ou par l'autobus qui s'arrête juste avant le tournant !

— Quelle chance que Mona accompagne sa mère ! dit Annie.

— Je vais prévenir tante Cécile ! » s'écria François.

Mick et Annie rentrèrent dans le salon à sa suite mais Claude resta à son poste. Quelque chose, ou plutôt quelqu'un, venait d'attirer son attention !

Un homme, en effet, venait de tourner le coin de la rue et semblait suivre Arlette en prenant grand soin de ne pas être vu par elle.

« Je me trompe peut-être, se murmura Claude à elle-même, mais cette silhouette me rappelle quelqu'un... On dirait bien Pradier. Qu'en penses-tu, mon vieux Dag ?

— Grrr... ! fit Dago en passant la tête entre les balustres du balcon. Ouah !

— Bien sûr, poursuivit Claude en fronçant le sourcil, il n'est pas facile de s'en assurer. Vu d'ici, le bonhomme ressemble plutôt à un épouvantail. Il porte un long pardessus au col relevé jusqu'aux oreilles et un chapeau enfoncé jusqu'aux yeux. Si c'est bien Pradier, il s'est efforcé de se rendre méconnaissable.

— Ouah ! » fit encore Dago.

Claude alla rejoindre ses cousins.

« Je crois, annonça-t-elle tout de go, que Pradier est miraculeusement au courant de bien des choses. La preuve ! Il a suivi Arlette et Mona jusqu'ici !

— Tu rêves ! s'écria Mick. Comment pourrait-il savoir... ?

— Chut ! coupa Annie. On vient de sonner. »

C'était, bien entendu, Arlette et sa fille. Mme Dorsel les accueillit avec chaleur. Après une conversation animée, la maman de Claude alla chercher l'écrin bleu dans sa chambre. Elle le tendit à Arlette. Très émue, celle-ci souleva le couvercle et resta pétrifiée devant la beauté du double rang de perles roses.

« Voilà un cadeau de Noël inattendu et merveilleux ! s'écria-t-elle. Que les perles sont belles ! Ce collier doit valoir une fortune.

— Certainement ! assura Mme Dorsel. Aussi, ajouta-t-elle en riant, suis-je bien contente d'en être débarrassée par sa légitime propriétaire. C'était un dépôt trop précieux pour que j'accepte de le garder longtemps chez moi.

— Savez-vous, lança brusquement Mick, qu'on a bien failli nous le voler ? Un cambrioleur s'est introduit chez nous l'autre nuit. Heureusement que Claude et son chien l'ont mis en fuite !

— Comment ! s'exclama Arlette en sursautant. Oh ! je suis désolée. Mais pensez-vous que l'on en voulait particulièrement à ces perles ?

— Nous en sommes persuadés ! » affirma le jeune garçon.

Et il raconta toute l'histoire. À la vive contrariété de sa tante, il exposa même les soupçons de Claude concernant Ernest Pradier... soupçons que partageaient ses cousins à présent.

« Il ne faut pas accuser cet homme sans preuves, déclara Mme Dorsel sans cacher son mécontentement. Claude juge souvent trop hâtivement... »

Mais Claude, qui était restée muette et

pensive jusque-là, n'hésita pas à couper la parole à sa mère.

« Je t'assure, maman, que je vois juste. Et je suis même assez soucieuse en ce moment. Tout à l'heure, du balcon, il m'a semblé voir un homme filer Mme Trébor... un homme ayant l'allure de Pradier... un Pradier qui se serait déguisé !

— Tu rêves ! s'écria Mick pour la seconde fois. Comment pourrait-il être au courant ?

— Comment... je l'ignore, répliqua Claude assombrie, mais le fait est là. Mona et sa maman ont été suivies jusqu'ici ! »

Arlette était devenue toute pâle.

« Je ne m'étais donc pas trompée ? murmura-t-elle.

— Que voulez-vous dire ? demanda Claude, surprise.

— Il... il m'avait bien semblé qu'un homme, avec un long pardessus, nous avait emboîté le pas lorsque nous sommes sorties... Et il est monté dans le même autobus que nous... Je n'ai pas bien distingué son visage ! »

D'un même élan, François et Mick se précipitèrent sur le balcon. Mais ils eurent beau fouiller les alentours du regard, ils ne virent personne de suspect.

« Rien à signaler ! annonça François en revenant au salon. Ou l'homme qui vous suivait est parti, ou il ne s'est trouvé derrière vous que par hasard.

— Je ne pense pas, coupa Claude. Il suivait volontairement Mme Trébor. Je l'ai vu de mes yeux... Il cherchait à passer inaperçu et... c'était Pradier !

— S'il est encore dans les parages, dit Mick, il doit se dissimuler quelque part et va recommencer à vous suivre. Il va essayer de voler vos perles !

— Ne dramatise pas, Mick ! dit sa tante.

— Écoutez ! conseilla vivement Claude à Arlette. Je crois que le plus pressé est de déposer ce collier dans un coffre, à la banque.

— Oui, c'est une excellente idée. Ma banque est juste à côté de chez moi.

— Allez-y tout de suite. Mais comme il serait imprudent de circuler sans escorte, vu les circonstances, nous allons vous accompagner, mes cousins et moi ! En vous voyant ainsi entourée, Pradier n'osera pas agir. »

Arlette Trébor parut réconfortée par cette offre.

« J'accepte volontiers... si votre maman le permet, ajouta-t-elle timidement.

— Bien sûr ! acquiesça Mme Dorsel. Mais je ne crois pas que vous courriez le moindre danger. »

Puis, souriante, elle conseilla :

« Prenez donc le métro. Il y a une station à deux pas d'ici. Vous irez plus vite qu'en autobus. Mais j'espère que Claude se trompe et que nul n'en veut à votre bien. Ma fille a une imagination débordante. »

Arlette glissa le précieux écrin dans son sac puis, après avoir pris congé de Mme Dorsel, partit avec Mona et les Cinq. Une fois dans la rue, les enfants regardèrent en vain autour d'eux : il n'y avait personne en vue !

« Tant mieux ! dit Annie, soulagée. Je n'aime pas les complications. »

C'était vrai. Contrairement à ses frères et à Claude, elle acceptait l'aventure quand celle-ci se présentait mais avait horreur des difficultés et des dangers... ce qui ne l'empêchait pas, du reste, de se comporter avec bravoure, le cas échéant.

La petite troupe arriva très vite à la bouche de métro, s'y engouffra et gagna le quai. Dag, sagement, avait réintégré l'inévitable cabas. Depuis sa dernière mésaventure, Claude ne lui permettait plus d'utiliser les trous percés au fond pour se dégourdir les pattes.

Tous attendirent en silence l'arrivée de la rame. Arlette Trébor avait hâte de se trouver à la banque. Les enfants, un peu en retrait derrière elle, prenaient très à cœur leur fonction de gardes du corps. Annie tenait Mona par la main. Claude et Mick portaient le cabas dans lequel le pauvre Dag sentait confusément le ridicule de sa position.

La rame entra en gare. Arlette, serrant contre elle le sac contenant le précieux collier, se tenait au bord du quai. Soudain surgit à côté d'elle un homme qui lui arracha son sac tout en la bousculant violemment. Elle perdit l'équilibre...

La jeune femme serait certainement tombée sous le train si Claude et Mick ne l'avaient retenue d'un même geste.

Profitant de l'émotion du moment, le misérable se faufila parmi la foule des voyageurs et s'élança vers la sortie. La plupart des gens n'avaient rien vu du drame qui venait de se jouer. Et puis, ils étaient pressés de monter en voiture ! Le voleur aurait donc pu fuir si François et Dag n'avaient été là pour veiller au grain.

François se rua à la poursuite de l'homme tandis que Dag, jaillissant de son cabas comme un diable hors de sa boîte, rattrapait le malfaiteur en quelques bonds.

L'homme — qui avait l'apparence d'un clochard — poussa un cri d'effroi quand l'animal lui sauta dessus. François arriva au même instant et, d'un geste sec, récupéra le sac d'Arlette.

Le voleur, pris de panique, cachait son visage de son bras droit levé, comme pour se protéger, cependant que Dag, suspendu à l'autre bras, l'empêchait de s'enfuir. François allait l'empoigner de son côté quand un employé du métro s'interposa. Saisissant Dag par son collier, il le tira vivement en arrière.

« Sale bête ! s'écria-t-il en même temps. Veux-tu lâcher prise ! A-t-on idée d'attaquer

207

des gens parce qu'ils sont mal habillés ! Et puis d'abord, les chiens ne sont pas autorisés à circuler sur les quais. Celui-ci est à vous, mon garçon ? Attendez un peu ! Je vais vous dresser procès-verbal, moi ! Créer ainsi du désordre... »

En vain François tenta-t-il de s'expliquer. L'employé ne voulait rien entendre. Il tirait si fort sur le collier du chien que le pauvre Dag était à moitié étranglé. Bien entendu, le « clochard » mit l'altercation à profit pour s'éclipser.

Il disparut en un clin d'œil, si vite que François n'eut même pas la possibilité de lui courir après. D'ailleurs l'employé ne le lui permit pas.

« Alors, mon garçon ! M'avez-vous entendu ? Je... »

Mais déjà Claude, Mick et Annie, suivis d'Arlette toute tremblante et de Mona en larmes, arrivaient à la rescousse.

« Lâchez mon chien ! ordonna Claude hors d'elle en constatant qu'on maltraitait son bien-aimé Dago. Vous ne voyez donc pas qu'il était en train d'arrêter un malfaiteur ?

— L'homme qui vient de s'échapper m'avait volé mon sac et a tenté de me pousser sous le train ! expliqua à son tour Arlette très émue. Oh, Claude ! Avec Mick, vous m'avez sauvé la vie ! Et François et Dag ont récupéré mes perles ! »

Elle fondit en larmes. L'employé,

confondu, ne savait plus que dire. Il finit par bégayer :

« Excusez-moi... Je ne pouvais pas deviner... »

François pressa le mouvement :

« Partons vite ! conseilla-t-il. Je ne serai tranquille que lorsque nous serons à l'abri, à la banque. »

Dag réintégra son cabas. La petite troupe monta dans une voiture de la rame suivante. Personne ne parla avant d'être remonté au grand jour. Alors, tous regardèrent autour d'eux avec appréhension... Mais aucune silhouette suspecte ne rôdait alentour.

« Vite ! dit Arlette. Ma banque est dans la rue voisine.

— Dépêchez-vous d'enfermer ce collier en lieu sûr, grommela Claude. Ensuite, nous nous occuperons de Pradier.

— Pradier ! s'exclama Arlette. Vous croyez que l'homme du métro... c'était lui ?

— Parfaitement ! affirma Claude. Il s'était transformé en clochard, mais je l'ai parfaitement reconnu... juste au moment où il vous a attaquée ! »

Mick s'écria :

« Il nous aurait donc suivis depuis la maison ?

— Je le crois. Il devait nous guetter, caché derrière le kiosque à journaux. Pour modifier son apparence, il n'a pas eu grand-chose à faire : déformer son chapeau en le cabossant, salir sa figure et ses mains avec un peu de terre, balayer le sol avec son pardessus pour le faire paraître usagé... Ainsi Arlette, il était sûr que, même si vous l'aviez remarqué lors de sa précédente filature, vous ne l'auriez pas reconnu... du moins tout de suite. Ce qu'il désirait, c'est pouvoir s'approcher de vous sans éveiller vos soupçons. Cet homme ne recule décidément devant rien... et il est ingénieux.

— Quelle canaille ! dit François. Je suis certain, moi aussi, que c'était Pradier. Il a bien essayé de dissimuler son visage, mais je l'ai reconnu tout de même.

— Sans cet idiot d'employé, déclara Claude encore bouillante de rage, nous le tenions ! Nous l'avions pincé la main dans le sac !

— Ou plutôt le sac dans la main ! » rectifia Annie en souriant avec malice.

La boutade détendit l'atmosphère. Claude elle-même se mit à rire. Arlette poussa un soupir de soulagement :

« Ouf ! Nous sommes arrivés à la banque ! annonça-t-elle en s'engouffrant sous le porche. Je vais louer un coffre et y enfermer les perles. Je vous confie Mona ! Attendez-moi un instant dans le hall, voulez-vous ? »

Un peu plus tard, le collier était en sûreté : il ne craignait plus rien des manigances de Pradier !

« Voilà une affaire terminée, déclara François avec satisfaction. Nous avons bien travaillé ! Découverte des perles et du testament, remise de son héritage à Arlette !... Les Cinq peuvent se voter des félicitations ! »

Chapitre 8

L'enquête rebondit

Cet après-midi-là, les enfants prenaient le soleil dans un square. Claude, qui manquait singulièrement d'entrain depuis ce que ses cousins appelaient « la fin de l'aventure », déclara soudain :

« C'est plus fort que moi : je pense sans cesse à Pradier ! Nous avons triomphé de lui en déjouant toutes ses manœuvres, c'est un fait ! Mais il n'a pas été puni comme il le mérite. Cela me chiffonne. Pas vous ?

— Bah ! Il faut être philosophe ! dit François. Oublie-le !

— Jouons à cache-cache ! proposa Annie.

— Ouah ? fit Dag.

— Ma foi... »

Claude se laissa entraîner par ses cousins et ne pensa plus à son « ennemi ». Du moins, fit-elle de son mieux pour l'oublier.

Mais le lendemain, un coup de fil inattendu d'Arlette fit redémarrer toute l'affaire... Mme Dorsel était sortie quand la maman de Mona téléphona. Ce fut Claude qui répondit...

« Allô ! C'est vous, Claude ?... Si vous saviez ! C'est terrible...

— Que se passe-t-il ? demanda vivement le chef des Cinq.

— Ce matin... un billet anonyme glissé sous ma porte !... On me menace... Je ne sais que faire ! »

Un petit frisson courut le long de l'échine de Claude. Intrépide, voire téméraire, elle était de nouveau prête à se lancer à corps perdu dans l'aventure.

La voix d'Arlette était haletante, coupée de sanglots, aurait-on dit.

« Calmez-vous ! conseilla Claude. Voyons ! De quoi s'agit-il ? Et de quoi vous menace-t-on au juste ?

— D'enlever ma petite Mona si je ne donne pas le collier !

— Quoi ! Que dites-vous ? » s'exclama Claude, médusée.

Arlette expliqua très vite :

« Le billet est bourré d'instructions précises... Je dois remettre les perles sitôt après avoir été les chercher à la banque... Oh, Claude ! Cela me fait du bien de me confier à vous... Je suis décidée à faire ce que l'on me demande. Tant pis pour la fortune ! La sécurité de Mona avant tout !

— Attendez ! Attendez ! cria Claude dans l'appareil. Ne raccrochez pas. Laissez-moi réfléchir une minute... et mettre mes cousins au courant de la situation ! »

Ce fut fait en quelques mots. François, Mick et Annie poussèrent des exclamations indignées.

« C'est odieux ! s'écria François. Et lâche ! Un ennemi anonyme qui se manifeste ainsi....

— Pas anonyme ! rappela Claude. Il s'agit évidemment de Pradier !

— Décidément, ces perles lui tiennent à cœur ! fit remarquer Mick en serrant les poings. Ne pas hésiter à s'attaquer à une femme et à une enfant sans défense pour se les approprier...

— Arlette doit prévenir tout de suite la police ! dit Annie. Il faut protéger Mona.

— Tiens, François ! Prends l'écouteur ! proposa Claude... Allô, Arlette ? Nous sommes tous d'avis que vous téléphoniez à la police. On vous enverra quelqu'un pour veiller sur vous.

— Mon correspondant anonyme m'a d'avance engagée à n'en rien faire. Et les policiers ne pourraient indéfiniment servir de gardes du corps à ma fille. Une fois qu'ils seraient partis, Mona courrait les mêmes dangers qu'avant ! »

Claude réfléchit rapidement. Ses parents

n'étaient pas là pour l'aider. Or, l'affaire était trop grave pour que les Cinq puissent s'en occuper tout seuls !

François le comprit de son côté. Prenant le combiné des mains de Claude, il tenta de convaincre la maman de Mona.

« Claude a raison, Arlette ! Prévenez la police. C'est la solution la plus sage, croyez-moi.

— Je n'ose pas désobéir aux instructions du billet, François ! J'ai trop peur des représailles... Je n'aurais même pas dû vous téléphoner. Mais j'étais aux abois. J'avais besoin de parler à quelqu'un... À présent, je suis décidée. Je vais me rendre à la banque et j'irai seule au rendez-vous fixé... Je renoncerai aux perles... Ensuite, j'aurai la paix... La sécurité de Mona passe avant tout, vous devez le comprendre. »

En désespoir de cause, François tenta d'intimider Arlette.

« Si vous n'alertez pas la police, dit-il, nous le ferons à votre place. Nous vous protégerons malgré vous. »

Le rire triste de la jeune femme lui répondit :

« Cela ne vous est pas possible. La police ne vous écouterait pas. La seule preuve du danger qui menace Mona, c'est le billet que je possède. L'histoire que vous raconteriez aux autorités ne serait pas prise en considération : elle ne reposerait sur rien. Merci à vous tous de vouloir m'aider. C'est terriblement gentil mais vous ne pouvez rien pour moi. Merci ! Merci de tout cœur, les enfants ! »

Claude, qui pressait le second écouteur contre son oreille, comprit qu'Arlette allait raccrocher. Elle reprit vivement le combiné à son cousin.

« Allô ! Allô ! Ne coupez pas !... Parlez-nous au moins des instructions contenues dans le billet. Que devez-vous faire après avoir retiré les perles de la banque ? Où devez-vous rencontrer le misérable qui vous menace ?

— Je ne vous dirai rien de plus. Je n'ai déjà que trop parlé. »

Et Arlette ajouta, dans un soupir :

« Je vous verrai plus tard, quand cette affaire sera réglée. Merci encore de votre sympathie, ma petite Claude. À bientôt. »

Un « clic » apprit à Claude qu'elle avait raccroché. François et Mick étaient pâles d'émotion. Annie pleurait presque. Dag, sensible à l'atmosphère, devenait nerveux. Claude, un moment déconcertée, n'entendait pas rester sur un échec. Son cerveau travaillait à toute vitesse.

« Courage, les Cinq ! s'écria-t-elle brusquement. Nous allons intervenir ! Voici mon plan... Attendre Arlette à la sortie de la banque et la filer jusqu'à l'endroit de son mystérieux rendez-vous. Ensuite, nous agirons au mieux !

— Mais... comment ? demanda Mick

médusé. Pour commencer, nous n'aurons jamais le temps d'être à la banque au bon moment.

— Peut-être bien que si ! murmura Claude. Vite, François ! Passe-moi le numéro de téléphone que t'a donné Thierry Sérignac... C'est le moment ou jamais d'avoir recours à ses services ! »

Deux minutes plus tard, elle avait Thierry en ligne. Ses cousins, pleins d'admiration, suivirent de leur mieux le bref dialogue :

« Allô, Thierry ! Ici les Cinq. Nous avons besoin de toi et de la voiture. Peux-tu arriver sur les chapeaux de roues ?

— ...

— Dix minutes ? Parfait ! Il s'agit d'un cas urgent. Chaque minute compte. Merci. Nous descendons t'attendre sur le trottoir. » Une fois de plus, Annie admira l'esprit d'initiative de sa cousine. Claude était un chef, un vrai : prompte à prendre une décision et à la réaliser. François et Mick étaient aussi impressionnés qu'elle. Grâce à Thierry, peut-être arriverait-on à temps !

« Nous gagnerons cette course contre la montre ! déclara Claude posément. Arlette doit d'abord confier la garde de Mona à quelqu'un, une voisine par exemple. Ensuite, elle doit se rendre à la banque. Puis, descendre à la salle des coffres, donner une signature, aller au coffre, l'ouvrir, en retirer les perles, etc. J'ai vu à la télévision comment cela se passe... Avant qu'elle ne quitte la banque, j'espère que nous serons là... »

Groupés sur le trottoir, les Cinq n'eurent pas longtemps à attendre. Thierry, leur nouvel ami, arriva presque aussitôt. Le jeune homme les salua gaiement, sans lâcher le volant :

« Montez vite ! leur dit-il. La bagnole n'est pas grande mais nous y tiendrons tous. Où faut-il vous conduire ? »

Claude l'expliqua. La voiture partit à toute allure. Thierry pilotait avec habileté, se faufilant miraculeusement parmi le trafic et réussissant de véritables tours de force. À l'arrière, Annie, serrée entre Mick d'une part et Claude et Dago de l'autre, avait un peu peur. François, assis à côté de Thierry, n'était qu'à moitié rassuré lui aussi.

« Hé ! Dis donc ! Tu viens de passer au rouge.

— Que non ! À l'orange.

— Une orange sanguine ! » précisa Claude en riant.

Enfin, on arriva. Thierry s'arrêta net devant la banque, mais de l'autre côté de la rue. En quelques mots, Claude avait exposé la situation à Thierry, et aussi son plan : les Cinq fileraient discrètement Arlette pour remonter ainsi jusqu'à son correspondant inconnu... ou, plus vraisemblablement, jusqu'à l'escroc qu'était Ernest Pradier.

« Pourvu qu'Arlette ne soit pas déjà sortie ! » soupira Annie.

Au même instant, la jeune femme surgit sur les marches de la banque. Elle serrait contre elle, bien visible, l'écrin-pochette contenant les perles roses !

Vivement, elle descendit les degrés et se mit à longer le trottoir, d'un pas rapide, sans se retourner. On la sentait pressée d'en finir...

« Elle n'a pas pris de taxi ! fit remarquer Mick.

— Cela prouve que l'endroit du rendez-vous n'est pas loin d'ici, souligna Claude. Vite ! Descendons et suivons-la à pied ! »

Les Cinq et Thierry sortirent de la voiture.

« Ne restons pas tous ensemble ! conseilla Claude. Il faut éviter de nous faire remarquer... Thierry, passe devant ! Arlette ne te connaît pas. Si elle se retourne, elle n'aura aucun soupçon ! »

Ils continuèrent donc la filature, raisonnablement échelonnés. Arlette avançait toujours. Après avoir longé le boulevard un certain temps, elle tourna soudain dans une rue qui le coupait à angle droit... Thierry et les Cinq, qui la suivaient à bonne distance, en firent autant.

Bientôt, Arlette tourna dans une seconde rue, particulièrement animée. L'espace d'une seconde, elle parut hésiter. Puis, au moment où les jeunes détectives s'y attendaient le moins, elle jeta un coup d'œil par-dessus son épaule. Grâce aux précautions de l'astucieuse Claude, elle ne vit que Thierry dont elle n'avait aucune raison de se méfier.

Rassurée, Arlette parcourut encore cinquante mètres, d'une allure rapide. Puis, elle ralentit. Derrière elle, les jeunes détectives en firent autant. Tous devinaient que l'instant crucial était arrivé... Quelque chose allait se passer...

Cependant, autant qu'ils pouvaient voir, personne ne semblait s'intéresser à la jeune femme...

Arlette ralentit encore. Claude, ses cousins et Thierry eurent l'impression qu'elle cherchait à se repérer... ou à repérer quelqu'un.

Soudain, Arlette parut se décider. De la main droite, elle saisit l'écrin-pochette qu'elle serrait sous son bras gauche. Sans s'arrêter, d'un geste vif, elle le jeta à l'intérieur d'une voiture en stationnement le long du trottoir qu'elle suivait...

Cela ne lui fut pas difficile : la glace de la portière était baissée. Arlette n'eut qu'à allonger le bras : l'écrin tomba sur la banquette avant.

Tout se passa en l'espace d'un éclair. Personne, à moins d'avoir les yeux fixés sur la jeune femme, n'aurait pu remarquer son geste tant celui-ci avait été prompt. Arlette, du reste, continua à avancer, droit devant elle, comme indifférente. Elle obéissait sans doute aux instructions du billet.

Claude poussa un cri et bondit en avant, suivie de ses cousins et du fidèle Dag. Devant elle, Thierry s'était déjà lancé, bousculant même au passage quelques passants ahuris.

Mais il était trop tard...

La voiture, dont le moteur tournait au ralenti, venait de démarrer et s'éloignait du trottoir. Thierry et Claude, hors d'haleine, arrivèrent en même temps à la hauteur du véhicule. Tous deux, également en même temps, tentèrent de le retenir en s'accrochant à lui. Ils n'obtinrent d'autre

résultat que de se retourner les ongles contre la tôle.

En vain aussi, Dag, aboyant avec fureur, essaya-t-il de planter ses crocs dans les pneus. Tentative dérisoire ! La voiture continua son chemin et se perdit au milieu du trafic. Annie, qui venait de rejoindre sa cousine sur les talons de ses frères, ne put s'empêcher de crier naïvement :

« Arrêtez !... Arrêtez-le ! »

Sur le trottoir, les gens se mirent à rire, croyant qu'elle parlait de Dago !

Dagobert en effet, voyant sa proie lui

échapper, avait été pris d'un soudain accès de fureur et tournait en rond sur lui-même, comme un forcené.

Cependant, le cri de la petite fille frappa les oreilles d'Arlette. La jeune femme se retourna... À la vue des Cinq, elle laissa échapper une exclamation de surprise et revint promptement sur ses pas. Son visage exprimait une vive émotion.

« Que faites-vous ici ? demanda-t-elle. Et comment avez-vous pu me rejoindre ? »

Claude se chargea de le lui expliquer. Arlette était pâle d'effroi.

« Mon Dieu ! murmura-t-elle. Vous auriez pu tout faire rater.

— Certainement pas ! protesta Mick. Nous avons bien failli, au contraire, attraper ce misérable. Vous auriez récupéré vos perles, et Mona n'aurait plus rien eu à craindre de lui.

— De toute façon, murmura Arlette en soupirant, ma petite fille est en sécurité désormais.

— Sans doute ! répliqua Claude un peu aigrement. Mais ce gredin triomphe et échappe à sa punition.

— J'aurais dû suivre Mme Trébor en voiture tandis que vous la suiviez à pied ! » déclara Thierry.

François présenta le jeune homme à Arlette. La maman de Mona semblait émerger d'un cauchemar. Redevenue elle-même, elle remercia les cinq compagnons et caressa Dag qui se calmait enfin.

« Ne me croyez pas ingrate, mes amis. Je ne sais comment vous exprimer ma reconnaissance. Vous avez essayé de me protéger, mais... eh bien, tant pis pour les perles ! Que mon voleur aille se faire pendre ailleurs ! »

Mais Claude et ses cousins ne se déridaient pas.

« Avez-vous pu distinguer le visage du conducteur de la voiture ? demanda Mick à Arlette.

— Je n'ai même pas tourné la tête... On me l'avait défendu.

— Et nous, nous sommes arrivés trop tard ! »

Claude serrait les poings. Elle jugeait Arlette trop faible. Et elle s'en voulait de n'avoir pas mieux su utiliser la voiture de Thierry. Elle aurait bien dû penser que l'auteur du billet de menace viendrait au rendez-vous en auto, lui !

Obligeamment, Thierry proposa de ramener Arlette chez elle. Ce fut vite fait. Les jeunes détectives montèrent un instant chez leur protégée pour embrasser Mona qui attendait sa maman chez une jeune voisine.

« Merci encore à vous tous, dit Arlette avec émotion. Cette histoire de fabuleux héritage et de perles volées m'aura du moins valu la chance de vous connaître et d'apprécier votre amitié. »

Au moment des adieux, Mona embrassa très fort ses nouveaux amis. Dag dissipa l'attendrissement général en éternuant comiquement trois fois, coup sur coup... Les jeunes détectives s'en allèrent.

« Je vous ramène chez vous ! proposa Thierry. Quel dommage que nous n'ayons pas réussi ! Pour une fois que j'avais l'occasion de participer à une enquête des Cinq !

— L'enquête n'est pas finie ! déclara Claude d'un air buté. Je n'abandonne pas aussi aisément quand j'ai une idée en tête... et la mienne est de pincer Pradier !

— Je ne jurerais pas que c'est lui le coupable, dit François. Nous n'avons même pas pu relever le numéro minéralogique de la voiture... une voiture de grande série !

— Et pour une bonne raison ! souligna Mick. La plaque était couverte de poussière !

— Peu importe ! grommela Claude entre ses dents serrées. C'est lui qui a les perles, je le sais ! J'en suis tellement persuadée que j'ai la ferme intention de les lui reprendre !

— Les lui reprendre ! s'exclama Annie avec effroi.

— Et pourquoi pas ! Je n'aime pas qu'un malfaiteur me file ainsi sous le nez en emportant son butin... Sans compter que je me suis cassé deux ongles en m'agrippant à la poignée de sa portière... Pour un peu, je m'étalais sur le trottoir ! »

Claude était réellement furieuse. Ses cousins savaient que, dans ces cas-là, il était impossible de la raisonner. Généreuse, franche et courageuse, Claude pouvait aussi se montrer têtue comme une mule quand l'envie lui en prenait.

« Que comptes-tu faire ? demanda Mick, toujours disposé à emboîter le pas à sa fougueuse cousine.

— Avant tout, répondit Claude, m'assurer que Pradier a bien les perles !

— Je croyais que tu n'en doutais pas ! fit Thierry, étonné.

— Tu as mal compris, je voulais dire que j'allais tâcher de savoir si Pradier garde les perles chez lui

— Comment ! s'écria Thierry suffoqué. Tu compterais aller le relancer dans sa tanière ! Tu ne manques pas de nerf... Bon ! Vous voilà arrivés ! Si vous avez encore besoin de moi, n'hésitez pas à me faire signe ! Je suis à votre disposition... Allez ! Ciao ! »

Après le déjeuner, les Cinq gagnèrent un coin désert du square voisin, en plein soleil, et tinrent conseil. Les enfants firent le point de la situation. Puis Claude déclara :

« Avant tout, nous devons surveiller la boutique de Pradier. Nous nous efforcerons de savoir qui il rencontre... Chez lui ou à l'extérieur. Nous le filerons au besoin. Après tout, ces perles, il va bien les négocier ! »

François hocha la tête.

« Hum ! fit-il. Cette surveillance risque

bien de ne rien donner. Allons, Claude ! Avoue que tu as autre chose en tête !

— Oui ! reconnut le chef des Cinq. Je veux étudier les abords de la boutique et la boutique elle-même pour voir de quelle manière on peut y pénétrer... ouvertement ou non !

— Que veux-tu dire ?

— Si les perles sont chez Pradier, nous ne le saurons qu'en y allant voir !

— Pradier nous connaît à présent ! objecta Mick. Si nous franchissons son seuil, il nous éjectera proprement. Du reste, à quoi cela servirait-il ? Je ne me vois guère lui demandant : "S'il vous plaît, monsieur ! Voulez-vous me rendre les perles que vous avez volées à Mme Trébor ?" Et même si je le faisais, je l'imagine mal me répondant : "Certainement, mon jeune ami. Puisque vous me les demandez gentiment, les voici !" »

Claude sourit :

« Aussi ai-je précisé "entrer chez lui ouvertement ou non" ! Réflexion faite, "ouvertement" me semble délicat. Alors... puisque Pradier s'est glissé dans notre salon en pleine nuit, pourquoi ne pas lui rendre la pareille ? »

François bondit.

« Tu es folle ! Une expédition de ce genre est tout à fait impossible. Oncle Henri et tante Cécile ne nous permettraient jamais de sortir la nuit. Et même si par miracle ils y consentaient, ils voudraient savoir où nous allons.

— Ne t'emballe pas, mon vieux ! dit Claude. Il faut discuter longuement de cette affaire avant de passer à son exécution. Mais tu as raison : mener une enquête nocturne me paraît assez irréalisable. Du reste, la nuit, le magasin est bouclé. J'ignore aussi si Pradier a son appartement juste au-dessus ou s'il couche ailleurs. J'ignore également tout de ses habitudes... à quelle heure exacte il ferme, etc. Bref, nous allons commencer par le surveiller de près. Ensuite, nous tirerons nos plans... et puis, il faudra nous débrouiller pour connaître la disposition exacte des lieux. »

François ne voyait aucun empêchement à ce que l'on surveillât la boutique. Mick et Annie étaient d'accord. Les Cinq se mirent donc à l'affût trois jours durant. Après quoi, ils passèrent en revue les informations récoltées.

« Pradier ferme à six heures de l'après-midi, dit Annie.

— Il couche au premier ! rappela François.

— Mais quitte son magasin à sept heures pour aller dîner au restaurant, ajouta Mick.

— De six à sept, il fait ses comptes et passe des coups de fil, autant que nous avons pu nous rendre compte en le surveillant à travers la vitrine », acheva Claude.

Là-dessus, le chef des Cinq annonça ses conclusions.

« J'ai bien réfléchi. Je crois qu'un plan à la fois simple et hardi peut seul nous permettre de réussir dans notre enquête. Alors, voilà à quoi j'ai pensé... »

Chapitre 9

Les Cinq passent à l'action

Le projet de Claude était simple : elle avait l'intention de s'introduire subrepticement dans la place, avant l'heure de la fermeture, de s'y cacher et de ne pas en repartir avant de savoir au juste où étaient les perles.

Le mécanisme du plan était astucieux. François lui-même dut reconnaître que le coup était bien monté. Cependant, à son habitude et en sa qualité d'aîné, il souleva des objections car il était prudent et avait conscience de ses responsabilités. Claude balaya ses protestations d'un geste de la main...

« J'ai tâché de tout prévoir, déclara-t-elle. Le coup doit réussir si tu joues bien le rôle que je viens de t'expliquer en détail...

— Notre rôle, à nous, n'est guère actif ! déplora Mick, l'air renfrogné.

— C'est vrai ! renchérit Annie. Nous ne ferons que patienter tandis que tu agiras.

— Votre rôle est au contraire très important, répliqua Claude, puisque vous êtes chargés d'assurer ma sécurité. Vous saurez où je suis, quels risques je cours si Pradier me surprend... Vous alerterez la police si vous ne me voyez pas revenir. De mon côté, sachant en quelque sorte mes arrières assurés, je pourrai impressionner l'adversaire s'il me surprend et me menace. Vous comprenez ? »

Oui, François, Mick et Annie comprenaient parfaitement... que Claude était résolue à n'en faire qu'à sa tête, en dépit du danger réel qu'elle pouvait courir. Mais il n'y avait pas à discuter...

Les Cinq décidèrent d'agir le soir même... Un peu avant l'heure de la fermeture, et après s'être assuré que le magasin de souvenirs ne contenait plus un seul client, François en franchit le seuil.

Mick, Annie et Dago occupaient déjà leur poste, derrière un kiosque d'affichage situé à moins de dix mètres de la boutique. Quant à Claude, elle suivait François à distance. Elle vit son cousin entrer dans le magasin. Alors, feignant de regarder les bibelots exposés à la devanture, elle se mit à surveiller l'intérieur de la boutique.

François s'avança avec désinvolture vers

Pradier. Celui-ci se mordit les lèvres. De toute évidence, il reconnaissait son visiteur. Cependant, il n'en laissa rien paraître et se força à sourire.

« Bonjour, jeune homme. Que désirez-vous ? »

François comprit que Pradier, sa méfiance en éveil, n'allait plus le lâcher d'une semelle. C'était exactement ce qu'il voulait... et ce que Claude avait prévu !

« Bonjour, monsieur, répondit-il avec courtoisie. Je voudrais acheter un petit cadeau pour ma mère. Vous avez des fleurs séchées en médaillon. Puis-je les voir de près ? »

Pradier se dirigea vers une étagère qui courait le long du mur. François se pencha sur les fleurs en même temps que le marchand, cachant ainsi la porte à Pradier. C'était l'instant que guettait Claude...

Vive et silencieuse, elle se faufila dans la boutique sans être vue. François, en entrant, avait laissé la porte entrebâillée pour lui faciliter la manœuvre. En quelques enjambées rapides, Claude traversa le magasin et disparut dans l'arrière-boutique. Pradier, occupé par François, lui tournait le dos... Il ne s'aperçut de rien...

Une fois dans l'arrière-salle, Claude regarda autour d'elle. Il lui fallait trouver, sans tarder, une cachette. Certes, François ferait traîner le plus possible en longueur

l'achat de son médaillon de fleurs séchées ! N'empêche que le temps pressait...

La pièce où se trouvait Claude était assez grande. Un énorme coffre-fort se dressait contre la cloison de gauche. Un divan s'adossait au mur du fond. Au centre de la salle : une table et des chaises. Et, à droite...

« Chic ! se dit Claude. Un placard-penderie ! Voilà la cachette idéale ! »

L'endroit lui semblait d'autant mieux choisi que le pardessus et le chapeau de Pradier étaient posés sur une chaise : il y avait donc peu de chances pour qu'il ouvrît le placard.

Sans hésiter, Claude se glissa dans la penderie. Puis elle tira la porte sur elle tout en prenant bien soin de la laisser légèrement entrebâillée. Il ne lui restait plus qu'à attendre...

Bientôt, au bruit des voix qui lui parvenait du magasin, elle comprit que François réglait son emplette et s'en allait. Elle entendit Pradier verrouiller la porte de sa boutique. L'heure de la fermeture était venue.

Presque aussitôt, Pradier passa dans l'arrière-salle. Par l'entrebâillement de la porte du placard, Claude le vit se diriger vers le coffre, ouvrir celui-ci et en tirer un gros cahier.

« Son livre de comptes ! » pensa Claude.

Sans refermer le coffre, le commerçant retourna dans le magasin. Claude, instruite par trois soirées successives de surveillance, savait ce que Pradier était en train de faire. Installé à son comptoir, il vérifiait les recettes de la journée.

N'importe qui, passant sur le trottoir, pouvait le voir absorbé dans ses comptes : en général, il ne baissait son rideau de fer, à l'ancienne mode, qu'au moment de partir dîner. D'ici là...

« D'ici là, il faut que je sache si les perles roses sont dans ce coffre ou non », murmura Claude pour elle-même.

L'occasion était idéale. Jamais la jeune détective n'aurait espéré que Pradier, en ouvrant son coffre, lui faciliterait à ce point la tâche. Cependant, à l'idée de ce qu'elle allait tenter, le cœur lui battait très fort...

Très doucement, elle repoussa le battant de la penderie et sortit de sa cachette... À pas de loup, l'oreille tendue, Claude se dirigea vers le coffre. Son regard plongea à l'intérieur. Il y avait, là, des boîtes de tailles diverses, des enveloppes épaisses et, dans un coin... un écrin d'un bleu fané qui ressemblait beaucoup à celui contenant les fameuses perles roses. Claude tendit la main pour se rendre compte...

Un craquement de la chaise de Pradier arrêta son geste. Le commerçant venait de se lever. Il allait revenir. Claude, retenant son souffle, réintégra sa cachette. Il était temps ! Pradier apparaissait déjà. Il remit son livre de comptes en place mais ne referma pas encore le coffre. Claude le vit retourner dans le magasin, puis elle l'entendit baisser son rideau de fer...

Cependant, l'alerte avait été chaude. La jeune détective n'osa pas profiter de ce répit pour ouvrir l'écrin et faire glisser son contenu dans sa poche s'il s'agissait bien des perles. Elle craignait de n'avoir pas le temps et d'être surprise.

Pradier reparut dans son champ visuel. Il s'approcha de nouveau du coffre.

« Flûte ! se dit Claude avec rage. Ce coup-ci, il va le refermer, c'est certain ! »

Mais elle se trompait. Quand Pradier se

retourna, il tenait l'écrin à la main. Il l'ouvrit d'un air extasié et, sous les yeux émerveillés de Claude, en sortit le double rang de perles roses qu'il caressa du bout des doigts. On eût dit qu'il ne pouvait en détacher son regard.

Brusquement, la sonnerie du téléphone interrompit sa contemplation. Il sursauta et, comme mû par un réflexe de protection, jeta les perles et l'écrin dans le coffre dont il rabattit violemment la porte. Celle-ci se ferma avec un déclic très sec.

« Et voilà ! se dit Claude, furieuse. J'ai bien retrouvé les perles mais impossible de mettre la main dessus ! »

Elle ne pouvait rien faire qu'attendre... Soudain, elle tressaillit, attentive à ce que disait Pradier au téléphone.

« Allô !... Ah ! C'est vous, Hatsumoto !... Pourquoi diable m'appelez-vous à cette heure-ci ?... Je viens tout juste de fermer. J'aurais très bien pu avoir encore un client dans ma boutique, ce qui m'aurait empêché de vous répondre librement. De toute manière, évitez de m'appeler ici en dehors des jours et des heures convenus. Combien de fois faudra-t-il vous le répéter ?... Oui, oui ! Je sais bien que vous autres, Japonais, êtes en général très prudents. Mais il suffit d'une indiscrétion, souvent, pour faire échouer le plan le plus astucieux... Non ! bien sûr que non ! La police ne se doute en rien de notre petit trafic, mais, je vous le répète, il faut être prudents... Que dites-vous ?... Vous étiez impatient de savoir si j'avais reçu de la marchandise ? Écoutez-moi bien, Hatsumoto ! Que ce soit la dernière fois que vous et vos amis m'appeliez ainsi à l'improviste. »

Un silence suivit. Pradier écoutait ce que lui disait, au bout du fil, son invisible correspondant. Puis il reprit :

« Vous savez très bien que, pour être fixé sur chaque nouvel arrivage de perles, il vous suffit de passer devant ma porte et de regarder ma vitrine. Cela évite les conversations, téléphoniques ou autres, toujours dangereuses. Compris ? Ai-je besoin de vous rappeler la marche à suivre ? Quand vous constatez que la marchandise est là, vous me demandez "Combien ?" par téléphone. Je vous fixe le prix. Et vous savez très bien, à partir de là, comment opérer la transaction, perles contre argent ! Salut ! »

Pradier raccrocha. Dans sa cachette, Claude retenait sa respiration. Elle comprenait soudain que le marchand de souvenirs était bien plus qu'un occasionnel voleur de bijoux. C'était un trafiquant de perles... Irrité par son correspondant, il venait d'avoir la langue trop longue.

Claude savait que les perles japonaises véritables étaient parmi les plus estimées sur le marché mondial. Elles coûtaient, hélas ! fort cher, compte tenu surtout des taxes douanières. Se pouvait-il que Pradier servît d'intermédiaire entre des arrivages clandestins de perles du Japon et des « distributeurs » ou des receleurs habitant en France ?... Tout cela, dans la tête du chef des Cinq, s'agitait de manière plutôt confuse. Une chose, en tout cas, lui apparaissait nettement : si Pradier découvrait qu'elle l'espionnait et qu'elle avait surpris son trafic, il serait dans l'obligation d'écarter ce témoin gênant... Jamais peut-être, la jeune téméraire ne s'était trouvée dans une situation aussi périlleuse. Elle frissonna malgré elle. Puis, son courage lui revint.

« Je m'en tirerai ! » se promit-elle.

Après avoir raccroché, Pradier resta un moment pensif... Puis il rouvrit la porte de son coffre-fort, remit soigneusement les perles dans leur écrin et l'écrin à sa place, ferma à clé la lourde porte et brouilla la combinaison...

Par l'entrebâillement de la porte du placard, Claude le vit coiffer son chapeau et saisir son pardessus. Elle s'en réjouit tout bas. Le triste individu allait s'en aller et elle-même serait enfin libre d'en faire autant. Dehors, ses cousins et Dagobert devaient s'impatienter.

Mais voilà que Pradier suspendait son geste et murmurait pour lui-même :

« Ce pardessus est bien chaud. Il fait doux ce soir. Si je prenais plutôt mon imperméable ? »

Claude sentit son cœur marquer un temps d'arrêt. Si l'escroc décidait de changer de vêtement, il ouvrirait fatalement le placard-penderie, et alors...

Elle se fit toute petite et se figea dans une immobilité rigoureuse. Trois secondes interminables s'écoulèrent.

« Bah ! murmura Pradier. On ne sait jamais ! Le temps peut fraîchir de nouveau ! »

Et il enfila son pardessus. Après quoi, il éteignit la lumière et sortit. Un instant plus tard, Claude l'entendit refermer derrière lui la porte de la rue. Alors seulement elle jaillit hors de sa cachette.

« Ouf ! soupira-t-elle. J'ai eu peur ! S'il m'avait surprise... Bah ! N'y pensons plus !... Dire que les perles roses d'Arlette sont là, derrière ce lourd battant... Enfin ! ce soir je ne peux rien faire. Hé, hé ! J'ai tout de même appris pas mal de choses !... À présent, il ne me reste plus qu'à aller rejoindre Mick, François et Annie et à les mettre au courant... Ils vont être drôlement surpris ! »

À tâtons, Claude se dirigea vers le fond de l'arrière-salle.

Là, près du divan, une porte basse ouvrait, elle le savait, sur l'escalier d'une cave où le commerçant entreposait de la marchandise. Ce n'est pas en vain que, les jours précédents, les jeunes détectives avaient interviewé la concierge de l'immeuble voisin. Grâce à elle, ils connaissaient la disposition des lieux.

Claude n'avait rien laissé au hasard : elle avait également appris que cette réserve prenait jour par un soupirail donnant sur la ruelle de derrière. L'ouverture n'aurait pas été suffisante pour permettre le passage d'un adulte. Mais Claude était mince... Une fois dans la cave, elle se hissa au niveau du soupirail, s'assura d'un coup d'œil que la voie était libre et, au prix d'un accroc à son pantalon, se retrouva bientôt dehors. Elle fit en courant le tour du pâté de maisons pour rejoindre ses cousins. Tous, y compris Dag, l'accueillirent avec joie.

« Te voilà enfin, s'écria Mick. Nous commencions à être inquiets ! Qu'as-tu découvert ? Raconte vite ! »

Claude ne demandait pas mieux... Ce soir-là, après dîner, les Cinq se réunirent dans la chambre des garçons.

« D'après ce que tu nous as appris, Claude, commença François, Pradier est un être nuisible, un voleur doublé d'un trafiquant de perles. Il est évident que, sous couvert de son commerce, il se livre à de louches activités.

— Il faut le confondre et l'arrêter ! décréta Mick.

— Ce ne sera peut-être pas facile ! soupira Annie encore tout émue des dangers que sa cousine avait courus ce jour-là.

— Pas facile, non ! déclara Claude. Mais

pas impossible non plus ! Grâce à la conversation téléphonique entre Pradier et l'un de ses complices, nous disposons d'un indice important...

— Lequel ? demanda Mick vivement.

— En surveillant la vitrine de Pradier, on peut savoir si la "marchandise" est arrivée ou non. Conclusion : il ne faut pas perdre de vue le magasin de souvenirs et repérer la moindre anomalie dans l'étalage. »

François, Mick et Annie donnèrent leur accord. Dag lui-même aboya en sourdine, comme pour approuver... Dès le lendemain, donc, les Cinq repartirent sur le sentier de la guerre. Mais c'est en vain qu'ils examinèrent avec soin les objets exposés en vitrine par Pradier. Ils ne virent rien de suspect. Mick photographia la devanture, afin de pouvoir, le cas échéant, y relever par la suite un changement quelconque.

Le jour suivant était un dimanche. M. et Mme Dorsel ayant décidé de rendre visite à des amis de leurs cousins, les enfants disposèrent de leur après-midi entier.

« Allons visiter le Zoo ! » proposa François.

Ce fut une agréable détente... jusqu'au moment où, par le plus grand des hasards, les jeunes détectives aperçurent Pradier au détour d'une allée. Il était en grande conversation avec un Asiatique qui lui remit une boîte semblable à celle qu'avait aperçue Claude dans le coffre de l'arrière-boutique.

« Séparons-nous et suivons ces deux hommes ! » décida brusquement le chef des Cinq.

Hélas ! La malice d'un singe déjoua son plan... À peine venait-elle de donner ses instructions à ses cousins que Dag poussa un hurlement de douleur :

« Ouaaahhh ! Ouaaahhh ! »

Le pauvre Dago s'était arrêté trop près d'une cage. Un chimpanzé, avisant la queue du chien, l'avait saisie à travers les barreaux et tirait dessus de toutes ses forces. Un rassemblement se forma. Les gens riaient, protestaient ou se moquaient de Dag.

Claude criait, s'emportait... Un gardien arriva et, non sans mal, fit lâcher prise au singe.

Quand le tohu-bohu général fut calmé, les Cinq constatèrent la disparition de Pradier et de l'autre homme.

« Dommage ! soupira Mick. Nous aurions pu apprendre du nouveau !

— Cette boîte..., suggéra Annie. Qui sait si elle ne contenait pas une livraison de perles ?

— C'est bien possible, admit Claude en caressant Dago encore mal remis de ses émotions. Le dimanche est peut-être jour de... euh... réception ! Et le Zoo est un endroit bien commode pour rencontrer quelqu'un sans être remarqué.

— Si Pradier vient de recevoir des perles, déclara François, il mettra donc dès demain dans sa vitrine un signal quelconque indiquant que la "marchandise" est arrivée.

— Ou même peut-être les perles elles-mêmes, dissimulées dans un bibelot ou un autre ! » dit Claude, pensive.

Dans la soirée, les enfants regardèrent le journal télévisé. Soudain, une information les fit sursauter : le speaker signalait une invasion de perles d'Orient introduites en fraude dans notre pays par d'habiles contrebandiers et venant apparemment du Japon.

« Vous voyez ! s'écria Claude. Il n'y a plus le moindre doute à avoir ! Pradier appartient à ce réseau de fraudeurs !

— Cet homme a la passion des perles comme il l'a prouvé avec l'histoire du collier, fit remarquer Mick. Et il s'y connaît ! Pas étonnant qu'il ait vu dans ce trafic une belle occasion de s'enrichir !

— Mais comment allons-nous le démasquer ? demanda Annie. Le témoignage de Claude ne suffit pas.

— C'est vrai ! dit François. Elle ne peut pas aller raconter son histoire à la police. On ne la croirait pas ! »

Mick fit claquer ses doigts d'un air dégoûté :

« Légalement, la parole de Pradier vaut la tienne, Claude ! Il faut des preuves ou tout au moins de fortes présomptions contre quelqu'un pour obtenir qu'on perquisitionne chez lui ! »

Claude était toute frémissante. Ah ! Comme elle aurait voulu pouvoir tout à la fois récupérer les perles d'Arlette et démasquer le fraudeur !

« La seule chose à faire, déclara-t-elle, est de continuer à surveiller Pradier et sa boutique. Demain, forcément, il y aura du nouveau... »

Chapitre 10

Les trafiquants

Les jeunes détectives dormirent mal cette nuit-là. Ils se demandaient si Pradier avait vraiment reçu une livraison de perles... Ils en furent convaincus le lendemain quand ils arrivèrent au magasin de souvenirs. Même de loin, on voyait que l'étalage avait été refait. Comme, le lundi, la boutique n'ouvrait que l'après-midi, sans doute Pradier avait-il passé la matinée à transformer sa vitrine, derrière son rideau baissé... Les enfants prirent leur faction derrière un kiosque d'affichage. Annie fut chargée d'aller discrètement en reconnaissance. Quand elle revint, son visage était rose d'émotion.

« Je me suis aidée de la photo prise par Mick, expliqua-t-elle. Tous les objets habituels sont encore là, mais disposés différemment. Et il y en a de nouveaux.

— Lesquels ? demanda Claude vivement.

— Uniquement de petits coffrets en carton, décorés de coquillages. Tu sais... cette sorte de “souvenirs” avec le nom de la ville écrit dessus à l’encre de Chine.

— Des horreurs ! affirma Mick. Je connais le genre. »

Claude réfléchit.

« Ces trucs-là sont démodés et ne se vendent plus guère ! murmura-t-elle. Curieux que Pradier les ait mis en montre ! »

François haussa les épaules :

« Il les a peut-être achetés à un commerçant en faillite ! suggéra-t-il... Hep ! Attention !... Regardez !... »

De leur poste d’observation, les enfants aperçurent un homme, petit et mince, qui passait lentement devant le magasin de Pradier.

« Un Japonais ! chuchota Mick. Ah ! Il entre dans la boutique... Attendez un peu, que je prenne mes jumelles ! »

Mick porta les jumelles à ses yeux et poussa une exclamation :

« Pradier prend un coffret dans la vitrine... Nom d’un chien ! Il fait trop sombre là-dedans pour que je puisse voir le comptoir... Oh ! Voici le Japonais qui ressort... Il tient un paquet à la main... le coffret sans doute !

— Avez-vous remarqué ? s’écria Claude. Il avait un autre paquet sous le bras, beaucoup plus gros, quand il est entré. Et il ne l’a plus ! »

Elle réfléchit un moment, le front plissé, et ajouta :

« Si le coffret contient des perles, il est possible que le paquet du Japonais renferme leur prix en espèces. Ainsi, la transaction a pu se faire en un clin d'œil. Même si d'autres clients avaient été là, ils n'auraient vu qu'un paquet oublié. Rien de louche, en somme !...

— Mais l'argent..., dit Annie étonnée. Pradier n'a pa eu le temps de vérifier la somme.

— Bah ! fit Claude. Les loups ne se dévorent pas entre eux. Ils sont obligés d'être réguliers s'ils veulent que leur petit trafic continue sans heurts...

— Mais que faire ? demanda Mick avec impatience. On ne peut pas suivre le Japonais et lui sauter dessus pour lui chiper son coffret aux perles, tout de même !

— Non, dit Claude. Continuons à surveiller la boutique pour être sûrs de ne pas nous tromper. Ensuite, nous aviserons ! »

Les Cinq continuèrent leur guet. À trois reprises encore ils virent surgir, parmi d'autres clients visiblement « hors du coup », des acheteurs suspects. En effet, deux Japonais et un Européen entrèrent dans la boutique, un paquet ou une grosse enveloppe sous le bras, et firent chacun l'acquisition d'un des affreux coffrets en coquillages. Et, chaque fois, ils ressortirent en laissant paquet ou enveloppe chez Pradier !

« La preuve est virtuellement faite, que ces

gens-là participent à un louche trafic, dit Claude.

— Une preuve virtuelle n'est pas une preuve concrète ! rappela François, la mine sombre.

— Aussi suis-je bien décidée à étayer mes suppositions par du solide. La preuve... par neuf ! Voilà ce qu'il nous faut ! acheva-t-elle en souriant.

— Sans doute. Mais comment l'obtenir ?

— J'y ai pensé, imagine-toi ! C'est Annie, cette fois encore, qui va partir en reconnaissance !

— Moi ! s'exclama la pauvrette, un peu effrayée.

— Rassure-toi ! Tu ne cours pas grand risque ! affirma Claude. De toute façon, c'est toi que Pradier a dû le moins remarquer dans notre groupe. Il t'a à peine vue... tu es du genre petite souris grise !... Regarde !... (Tout en parlant, Claude fourrageait dans le cabas qui avait servi à transporter Dago)... J'ai apporté cette perruque noire dont tu t'es servie pour te déguiser à notre dernier bal costumé. Mets-la vite !... Là ! Te voilà complètement transformée. Si par hasard Pradier t'avait tout de même remarquée, il ne te reconnaîtrait pas ! Et n'oublie pas tes lunettes de soleil pour cacher tes yeux bleus !

— Que... que dois-je faire ? questionna Annie, peu enthousiaste.

— Tout simplement entrer chez Pradier

comme une cliente quelconque et demander à acheter un coffret de coquillages.

— C'est tout ? s'enquit François, un peu inquiet pour sa petite sœur.

— Absolument tout. Il n'y a pas de danger, je le répète. Mais la réaction de Pradier me fixera. Ou il acceptera de vendre... et je serai bien ennuyée. Ou il refusera et nous comprendrons alors que nos soupçons sont fondés... Allez, Annie ! Va vite et ne te laisse pas troubler. »

La petite fille, méconnaissable avec sa perruque noire et ses lunettes sombres, traversa le trottoir et s'approcha du magasin. Pas très rassurée, elle en poussa la porte. Pradier était seul. En voyant entrer sa jeune cliente, il arbora un sourire commercial, purement automatique.

« Vous désirez, mon petit ? »

Annie comprit qu'il ne la reconnaissait pas. Cela lui donna de l'assurance.

« Un souvenir de la région, répliqua-t-elle en se tournant vers la vitrine et en faisant mine de choisir. Oh ! Ces petits coffrets me plaisent beaucoup !

— Ils ne sont pas à vendre ! déclara vivement le marchand. Je les ai mis en montre uniquement pour la décoration. Prenez autre chose... Tenez ! Vous avez là des colliers et des bracelets charmants et peu coûteux...

— Non, dit Annie. C'est un de ces coffrets que je voulais. Il n'y a vraiment pas moyen d'en avoir un ?

— Non, je vous le répète. Je regrette... »

Annie n'insista pas. Elle savait très bien que Pradier mentait. Celui-ci la raccompagna à la porte, comme pressé de se débarrasser d'elle.

Avant de rejoindre ses frères et sa cousine, Annie eut l'astuce de contourner le pâté de maisons pour ne pas donner l'éveil à Pradier au cas où il l'aurait suivie des yeux.

En apprenant le résultat de son ambassade, Claude, François et Mick s'écrièrent en chœur :

« Il a refusé ! »... Et Claude ajouta, triomphante :

« J'avais donc raison ! À moi d'agir, maintenant ! Rentrons à la maison, et au pas de charge encore ! Le temps presse ! Il ne faudrait pas que tous les coffrets soient vendus en mon absence. »

De retour à l'appartement, Claude soumit à ses cousins le plan qu'elle avait conçu :

« Je vais me déguiser à mon tour et, comme Annie, chercher à acheter à Pradier l'un de ses coffrets. Peut-être découvrirai-je quelque chose... Non, non, Dag ! Je ne t'emmène pas ! Pour une fois, tu m'attendras sagement au logis ! »

Un peu plus tard, métamorphosée en jeune garçon anglais grâce à une perruque rousse, quelques taches de son factices sur le visage et un fort accent d'outre-Manche, Claude s'adressait à Pradier :

« Bonjour, monsieur ! Je veux acheter un petit chose très joli pour mon sœur qui habite dans Londres. Est-ce que vous avez ? »

Tout en parlant, elle examinait la vitrine où il ne restait plus que deux coffrets en coquillages.

« Choisissez, mon jeune ami ! » proposa Pradier avec un sourire engageant.

Ainsi que Claude l'avait prévu, le commerçant ne l'avait pas reconnue sous son déguisement. Elle désigna l'un des coffrets :

« Ce petit box... ce boîte ! Il est parfaite !

— Ah ! Ce coffret ! il n'est malheureusement pas à vendre. »

Claude fit la grimace :

« Aoh ! C'est très beaucoup dommage ! Peut-être... »

Elle fut interrompue par l'arrivée d'un homme qui salua et attendit son tour d'être servi. Remarquant la grosse enveloppe qu'il serrait sous son bras, Claude pensa qu'il pouvait fort bien être l'un des clients très particuliers de Pradier. Elle insista à haute voix :

« Je veux ce boîte ! »

Du coin de l'œil, elle vit l'homme tressaillir et Pradier se mordre la lèvre d'un air ennuyé.

« Je vous répète qu'il n'est pas à vendre, jeune homme ! Choisissez autre chose ! »

Claude finit par acheter un modeste gadget et s'en alla... Mais, à peine se fut-elle éloignée de quelques mètres qu'elle revint sur ses pas. En passant devant la devanture, elle constata que l'un des coffrets avait disparu. Un instant plus tard, le « client » sortit de la boutique, un petit paquet à la main, mais sans la grosse enveloppe. Pradier, souriant, l'accompagna jusqu'au seuil. Le chef des Cinq s'éclipsa sans avoir été vu.

Claude s'arrêta au kiosque d'affichage. C'est là qu'elle avait fixé rendez-vous à ses cousins. Avant de les quitter, elle leur avait donné des instructions précises. Elle avait hâte de savoir s'ils avaient mené à bien leur mission...

Chapitre 11

Le coffret en coquillages

Après le départ de Claude, François, Mick et Annie n'étaient pas restés inactifs. Abandonnant Dago dont le transport leur aurait causé une perte de temps, ils se précipitèrent au « marché aux puces » voisin, véritable paradis de la brocante. Ils espéraient bien y dénicher ce que Claude les avait chargés de trouver. La mission était délicate ! Outre qu'il s'agissait de faire l'achat d'un objet très précis, le temps pressait !

Rapidement, ils passèrent d'un éventaire à l'autre. Chacun s'était fixé un secteur bien déterminé à explorer. Ce fut Annie qui trouva la première. Elle appela ses frères :

« Regardez ! leur dit-elle. Voici un coffret semblable à ceux que Pradier a mis dans sa vitrine. Il y a même le nom de la ville écrit dessus ! Et il est si peu défraîchi qu'il a l'air neuf !

— Chic ! s'écria Mick. Achetons-le vite et dépêchons-nous de rejoindre Claude ! »

Sitôt leur emplette faite, les trois Gauthier s'offrirent le luxe d'un taxi pour aller retrouver Claude... Celle-ci, toujours sous l'aspect d'un jeune Anglais roux, ne se tenait plus d'impatience. En voyant ses cousins descendre de taxi, elle s'écria :

« Alors ! Avez-vous réussi ? Vous arrivez juste à temps ! Il n'y a plus qu'un seul coffret en vitrine !

— Voici l'objet ! » annonça fièrement François en tendant le coffret acheté au marché aux puces.

Claude examina la petite boîte.

« Bravo ! dit-elle enfin. Il ressemble comme un frère aux affreux coffrets de Pradier ! »

Redressant les épaules, elle ajouta :

« Et maintenant, je vais tenter le grand coup dont je vous ai parlé !

— Sois prudente ! » supplia Annie.

Claude remit le coffret dans son sac d'emballage et, d'un pas décidé, se dirigea vers le magasin de souvenirs. Ses cousins la suivaient des yeux, assez inquiets. C'est que Claude, avec son intrépidité naturelle, allait jouer gros jeu !

En effet, résolue à savoir ce que contenaient les coffrets de coquillages, elle se proposait de s'approprier le dernier en l'échangeant contre celui que ses cousins venaient d'acheter...

Elle avait bien calculé son moment : Pradier était très occupé à servir deux jeunes femmes qui n'en finissaient plus de choisir des bijoux fantaisie. Du coin de l'œil, il vit bien entrer le « jeune Anglais », mais ne s'en inquiéta pas autrement.

Claude, constatant qu'il ne lui prêtait pas attention, s'approcha de la vitrine et feignit d'admirer une série de pantins articulés. Soudain, profitant de ce que Pradier rendait la monnaie à ses clientes, elle allongea le bras, souleva doucement le coffret de la devanture et, d'un geste habile, le troqua contre le sien. Puis elle saisit un pantin représentant un Arlequin et revint vers le comptoir.

« Je prends cet amusant bonhomme », annonça-t-elle avec son accent britannique.

Elle paya rapidement. En sortant, elle se heurta presque à un homme élégamment vêtu qui arrivait.

« Ouf ! dit-elle en rejoignant ses cousins. J'ai le coffret. À quelques secondes près, il était trop tard, je parie ! Regardez... »

En effet, d'où ils étaient, les enfants aperçurent Pradier qui enlevait de la vitrine le dernier des coffrets en coquillages : celui que Claude venait d'y déposer !

« Ha, ha ! fit celle-ci triomphante. Dommage que nous ne puissions pas voir la tête de cet acheteur quand il vérifiera la marchandise. Pradier va en entendre de dures ! »

Une idée vint à Annie :

« Si nous suivions cet homme ? suggéra-t-elle en désignant le client qui sortait de la boutique. Nous découvririons peut-être qui il est et nous connaîtrons ainsi au moins un des complices de Pradier !

— Excellente idée ! approuva Claude. Allons-y ! »

Discrètement, les jeunes détectives se mirent à filer l'homme. Ils furent fixés à son sujet en le voyant pénétrer dans une des plus grandes bijouteries de la ville, traverser le magasin d'un pas conquérant et disparaître dans l'arrière-boutique. C'était le bijoutier lui-même !

« Nous voilà renseignés ! dit François. Pradier alimente en perles de contrebande même des commerçants apparemment honorables ! C'est un comble !

— Il ne nous reste plus qu'à le démasquer, conclut Mick. Le coffret chipé par Claude nous y aidera !

— Je l'espère ! soupira le chef des Cinq. Rentrons vite ! »

En revoyant sa jeune maîtresse, Dag manifesta sa joie par des bonds et des aboiements. Il s'était senti très malheureux d'avoir été tenu à l'écart !

Comme il restait encore du temps avant l'heure du dîner, les Cinq se réunirent dans la chambre des garçons. Claude se débarrassa de son déguisement en un tournemain et déballa vivement le coffret. Quatre têtes se penchèrent avec curiosité sur la petite boîte en carton décorée de coquillages.

« Ce coffret est encore plus laid de près que de loin ! fit remarquer Mick.

— Il ne faut pas se fier aux apparences ! déclara François. Il contient certainement un trésor ! »

L'heure était solennelle. Il suffisait de soulever le couvercle pour savoir. Mais tous semblaient hésiter.

« Ouvre vite, Claude ! » dit enfin Annie.

François, comme pour retarder cet instant capital, s'était mis à secouer doucement le coffret :

« Je n'entends rien bouger à l'intérieur ! annonça-t-il, un peu pâle.

— Nous sommes idiots ! bougonna Claude. Il n'y a qu'à regarder ! »

D'un coup de pouce, elle fit sauter la fragile fermeture du coffret et souleva le couvercle... Quatre « Oh ! » dépités s'élevèrent tandis que Dag poussait — par sympathie sans doute — un « Ouah ! » qui se termina en lamentations.

La boîte était vide !

Les Cinq s'étaient-ils trompés dans leurs déductions ? Avaient-ils pris des apparences pour la réalité ? Claude, revenue de sa première surprise, n'arrivait pas à le croire.

« Non ! Non ! dit-elle, répondant tout haut à la question que chacun se posait tout bas. Ce n'est pas possible ! Nous n'avons pas pu nous tromper ! Des perles de contrebande sont forcément cachées dans ce coffret ! »

Annie passa son doigt à l'intérieur de la boîte. Celle-ci était très banalement doublée d'un affreux papier à fleurettes, qui ne présentait pas la moindre bosse suspecte. Le coffret lui-même était des plus banals.

« Peut-être a-t-il un double fond ? » suggéra François.

Mick appuya son pouce sur les fleurettes qui tapissaient le fond, et cela avec tant de fougue que son doigt écrasa le carton et passa à travers.

« La preuve est faible ! s'écria-t-il. Pas de double fond ! Pas la moindre cachette ! Rien de rien ! Nous nous sommes trompés ! Les Cinq sont de piètres détectives !

— Ouah ! » lança Dag d'un air de reproche.

Claude prit le coffret et l'examina avec attention...

« Attends un peu, Mick ! dit-elle. Voyons ! Si cette boîte recèle un compartiment secret et que ce ne soit pas au fond, c'est forcément dans le couvercle ou les parois !

— Tous trop minces ! jeta François d'un ton péremptoire.

— Peut-être sous les coquillages ! » suggéra timidement Annie.

Claude trouva l'idée bonne. Empruntant son canif à Mick, elle entreprit de glisser doucement la lame sous un des coquillages collés sur le carton. Ses cousins attendaient, un peu émus... Mais il n'y avait rien sous le gros « escargot de mer » nacré auquel s'était attaquée Claude. Annie saisit le coquillage et l'agita. Rien ne remua à l'intérieur. Elle le posa sur la table en soupirant.

« Essayons un autre ! » dit Mick.

Successivement, Claude décolla tous les coquillages ornant le coffret... sans découvrir la moindre perle ! À présent le coffret était devant les Cinq, sur la table, réduit à l'état d'un squelette de boîte en carton, sans le moindre mystère, avec, à côté, un petit tas de coquillages très laids.

Brusquement, le chef des Cinq se laissa emporter par la colère. D'un coup de poing vengeur, Claude écrasa le coffret qui s'aplatit comme une galette.

« Maudite boîte ! s'écria-t-elle. Et ces horribles coquillages !... Voilà ce que j'en fais ! »

D'un revers de main, elle balaya le petit tas d'escargots de mer qui voltigèrent dans l'air sous le regard consterné de ses cousins.

Seul Dag se méprit sur le sens de ce geste d'énervement. S'imaginant que Claude voulait jouer et lui jetait les coquillages en guise de cailloux, il bondit, attrapa un escargot au vol et le broya sous ses crocs comme une vulgaire noisette.

Surpris par le manque de résistance du « caillou », Dago en recracha bien vite les morceaux. Sa mine étonnée était si drôle, son attitude si comique tandis qu'il contemplait les débris de la coquille écrabouillée, que les enfants, détendus, éclatèrent de rire malgré eux.

Soudain, Claude poussa un cri. Puis elle se baissa vivement et ramassa un petit objet sur le tapis. Quand elle se releva, quelque chose luisait au creux de sa paume.

« Regardez ! dit-elle d'une voix tremblante d'émotion.

— Une perle ! s'écria Annie. Oh ! Qu'elle est belle !

— Hurrah ! » lança Mick, fou de joie.

François, après un « Ça alors ! » bien senti, prit la perle qui était réellement magnifique, et l'examina de près.

« Elle est encore attachée à ce morceau de coquillage par un point de colle ! » annonça-t-il.

Claude et Mick se jetèrent à quatre pattes sur le sol et entreprirent de ramasser tous les coquillages dispersés à travers la pièce. Cela fait, à l'aide d'un cure-dent de bois tendre, ils délogèrent, avec mille précautions, ce qui se cachait au fond de chaque escargot de mer... Ils recueillirent ainsi au total douze perles splendides...

Claude se précipita alors sur Dago et, lui passant les bras autour du cou, frotta sa joue contre son museau.

« Bravo, mon chien ! Tu nous a fameusement aidés à éclaircir ce mystère ! Mainte-

nant, la preuve est faite, pour de bon, que Pradier est un contrebandier ! C'est bien dans ses coffrets qu'il camouflait la "marchandise" reçue en fraude. Et ses clients n'avaient en effet qu'à regarder sa vitrine pour savoir que les perles étaient là, à leur disposition. »

Dans sa joie, elle saisit Dag par les pattes de devant et se mit à danser avec lui à travers la chambre.

François, Mick et Annie, aussi enthousiastes que leur cousine, se mirent à gambader comme elle. Tous poussèrent des cris de joie. Dag, fort excité par ce vacarme, aboyait.

« Les Cinq ont triomphé !

— Victoire ! Victoire !

— À bas Pradier !

— En prison, le contrebandier !

— Ouah ! Ouah ! »

Soudain, la porte s'ouvrit avec violence. M. Dorsel, l'air sévère, parut sur le seuil.

« Ah, ça ! Que signifie ce tapage ? Êtes-vous tous devenus fous subitement ? Je rentre à l'instant. On vous entend de la rue !

— Papa ! s'écria Claude en lâchant Dag pour courir vers son père. Si tu savais... Regarde ce que nous avons découvert !

— Nous venons juste de terminer une enquête, expliqua François. Voilà ce qu'elle a donné !

— Des perles, oncle Henri ! fit Mick, radieux.

— Elles sont véritables, n'est-ce pas ? » demanda Annie.

Stupéfait, M. Dorsel contemplait les perles que Claude avait alignées sur la table.

« Ce n'est pas possible ! dit-il enfin. Où les avez-vous trouvées ?

— C'est une assez longue histoire... », commença Claude.

Ce fut au cours du dîner que ses cousins et elle mirent ses parents au courant de toute l'affaire... Comme il fallait s'y attendre, sa mère frémit en songeant aux dangers qu'avait courus sa fille, et son père la gronda très fort.

« J'ai sans doute eu tort, admit Claude,

mais tu sais ce que c'est, papa ! J'ai été entraînée malgré moi par le cours des événements. Quoi qu'il en soit, le résultat est là. Les Cinq ont démasqué des trafiquants de perles japonaises !

— Et nous savons où se trouve le collier d'Arlette Trébor, ajouta Mick. Il ne vous reste plus, oncle Henri, qu'à expliquer toute l'histoire à la police. »

M. Dorsel réfléchit. Sitôt après le dîner, il se rendit au commissariat avec les enfants et exposa l'affaire qui l'amenait. Vu la gravité de la chose et en dépit de l'heure tardive, on prévint — tout à fait exceptionnellement — le commissaire à son domicile. L'officier de police accepta de se déplacer pour recevoir la déposition du savant, de sa fille et de ses neveux.

Une fois au courant, et après avoir reçu les précieuses perles en dépôt, le commissaire déclara :

« Nous agirons dès demain. Nous perquisitionnerons chez Pradier et nous l'arrêterons. Je suppose que, une fois confondu, il acceptera de nommer ses complices.

— Nous en connaissons déjà un, monsieur ! rappela Claude.

— C'est vrai, mademoiselle. Avec vos cousins, vous avez droit à mes félicitations. Bravo à tous les quatre !

— Ouah ! fit Dag.

— Pardon, à tous les cinq ! » rectifia le commissaire en souriant.

M. Dorsel et les enfants prirent congé et rentrèrent chez eux.

« Papa ! demanda Claude avant d'aller se coucher. Est-ce que nous pourrons assister à la perquisition chez Pradier, demain ?

— Tu plaisantes ! répliqua M. Dorsel. Les policiers n'ont que faire de vous ! »

Ni Claude ni ses cousins n'insistèrent. Mais ils résolurent de se débrouiller pour assister — de près ou de loin — à l'arrestation de l'homme qu'ils avaient démasqué.

« Je veux être bien sûre qu'il ne glissera pas entre les doigts des policiers, dit Claude. Il est tellement malin !

— Invitons Thierry à se joindre à nous ! proposa Mick... Et puis, ajouta-t-il, pratique, il pourra nous conduire là-bas en voiture ! »

Chapitre 12

Une arrestation mouvementée

Conformément à leur plan, les Cinq, le lendemain matin, se trouvèrent sur place de bonne heure. Thierry avait répondu avec enthousiasme à leur appel et les avait transportés en voiture. Le véhicule était garé le long du trottoir, juste en face du magasin de Pradier. À l'intérieur, silencieux, les cinq compagnons et Dag attendaient l'arrivée de la police. Bientôt, ils virent deux hommes en civil descendre d'une voiture noire derrière laquelle s'arrêta un car de police. Les deux hommes se dirigèrent vers le magasin de souvenirs.

« Des inspecteurs de police ! murmura Thierry, intéressé. Ils vont perquisitionner et sans doute embarquer Pradier. »

Mick fit la grimace :

« Nous ne verrons pas grand-chose d'ici ! soupira-t-il.

— Écoutez ! J'ai une idée ! dit Claude. Suivez-moi ! »

Thierry ferma sa voiture à clé et tous s'élancèrent sur les talons de Claude qui, au pas de gymnastique, contournait le pâté de maisons. Tout en se hâtant, elle expliquait :

« La ruelle de derrière est presque toujours déserte. Par un soupirail que je connais, nous nous glisserons dans la cave de Pradier. Bien sûr, une porte verrouillée nous séparera de l'arrière-boutique. Mais, si nous ne voyons rien, du moins nous pourrons entendre... »

Les Cinq et Thierry se faufilèrent par l'étroite ouverture et, sans faire de bruit, se groupèrent derrière la porte. Ils entendirent distinctement l'un des inspecteurs ordonner à Pradier :

« Ouvrez ce coffre ! » Puis, quelques instants après : « Victoire ! Les fameuses perles roses volées à Mme Trébor sont bien là ! »

L'autre inspecteur s'écria à son tour :

« Et dans ces boîtes... d'autres perles encore !... Naturellement, Pradier, vous êtes bien incapable de nous montrer les factures correspondantes... Allez, mon garçon ! Vous allez venir avec nous... »

Claude et ses amis échangèrent des regards triomphants. Les policiers avaient trouvé des preuves. Pradier était en état d'arrestation !

« Parfait ! dit Mick. Ils l'ont arrêté. Il ne pourra plus nuire à personne ! »

Les Cinq et Thierry revinrent en toute hâte

à leur point de départ. Mais l'arrestation de l'escroc leur réservait des surprises... À peine débouchaient-ils sur le trottoir qu'ils virent Pradier franchir le seuil de sa boutique : non pas menottes aux poignets et encadré des deux inspecteurs, mais libre et de toute évidence fort pressé de fuir.

Il avait dû résister aux policiers car ses vêtements étaient en désordre. Il tenait à la main l'écrin bleu du collier de perles. Une détermination farouche se lisait sur son visage aux traits durs.

« Il s'échappe ! s'écria Annie, consternée.

— Pas encore ! » murmura Claude.

Les deux inspecteurs surgirent à leur tour sur le pas de la porte. Le premier saignait du nez. L'autre gesticulait :

« Arrêtez-le ! » hurla celui-ci en tendant un poing furieux vers Pradier qui fonçait, tête baissée, à travers le flot des voitures avec l'intention évidente de se fondre dans la foule, sur le trottoir opposé.

Déjà, les agents en uniforme sortaient du car de police.

« Trop tard ! soupira François, pessimiste.

— Arrêtez-le ! cria encore l'inspecteur.

— À vos ordres, m'sieur ! » lança joyeusement Claude. Et, se tournant vers Dago : « Kss ! Kss ! mon chien ! Vas-y ! Mords-le ! Arrête-le et ramène-le ! Vite ! »

Dag comprenait bien quand on lui donnait des ordres de ce genre. Ce n'était pas la pre-

mière fois que le vaillant animal était sollicité pour attaquer un ennemi de sa jeune maîtresse. D'ailleurs, quiconque prenait ainsi la fuite devenait suspect à ses yeux.

Sous le regard stupéfait et presque incrédule des agents et des inspecteurs, Dago, obéissant à la voix de Claude, se faufila à travers les voitures pour se ruer aux trousses de Pradier. Des freins grincèrent. Des voix courroucées s'élevèrent :

« Sale bête ! Elle nous fera avoir un accident ! »

Claude ne s'inquiétait pas, sachant Dagobert malin. En effet, le chien se méfiait des autos et savait les éviter. En quelques bonds en zigzag, il aborda l'autre trottoir et fonça sur le fuyard à l'instant où celui-ci sautait sur un taxi.

Tout se passa alors très vite. Les agents sifflaient. Les inspecteurs criaient. Le chauffeur de taxi se demandait si un cyclone ne s'était pas engouffré dans sa voiture où se déroulait une lutte furieuse... Quand enfin Claude, ses cousins, Thierry et les policiers arrivèrent sur les lieux, ce fut pour trouver Pradier recroquevillé sur la banquette et tenu en respect par les crocs de Dago.

« Finie la comédie ! » s'écria l'un des inspecteurs en lui passant les menottes. Et, se tournant vers les Cinq triomphants : « Bien travaillé, mes enfants ! Sans vous, nous aurions eu du mal à le rattraper aussi vite ! »

La minute suivante, il emmenait Pradier vers son peu enviable destin...

Dans l'après-midi de ce même jour, les Cinq furent assaillis par les journalistes. Le lendemain, l'aventure du « collier rose » et celle des « perles de contrebande » s'étalaient dans tous les quotidiens, ainsi que la photo des enfants, avec Dag à côté de Claude.

« Encore un exploit des Cinq », titrait même un journal qui relatait avec force détails la capture mouvementée de Pradier.

Arlette Trébor et Mona, elles aussi, eurent les honneurs de la presse... Hélas ! les vacances s'achevaient. Il ne restait aux Cinq que le temps de faire leurs adieux à la jeune femme. Ils allèrent la voir, accompagnés de Thierry. Arlette les accueillit avec chaleur.

« Je ne sais comment vous remercier, leur dit-elle, d'avoir pris tant de risques pour récupérer mon héritage. Grâce à ma nouvelle fortune, je ne redoute plus l'avenir pour Mona et pour moi ! Quel soulagement, si vous saviez ! »

Bien entendu, on discuta longuement de l'affaire Pradier... Arlette se posait encore des questions. Les enfants, renseignés par les policiers, se chargèrent d'éclairer sa lanterne.

« Pradier a passé des aveux complets et dénoncé ses complices, expliqua François. Tous sont actuellement sous les verrous. En ce qui concerne le commerce illicite des perles japonaises, ce joli monsieur servait simplement d'intermédiaire entre vendeurs et acquéreurs.

— L'histoire des perles roses, enchaîna Claude, est carrément en marge des activités frauduleuses de Pradier. C'est par hasard qu'il a appris l'existence du collier.

— Comment cela ? » demanda Arlette avec curiosité.

Les Cinq, Thierry et elle se trouvaient réunis dans son petit salon, autour d'un copieux et appétissant goûter.

« Eh bien, voilà !... dit Claude. La grand-mère de Pradier était une amie de Germaine Langlois, la testatrice. En feuilletant un paquet de lettres adressées par celle-ci à son aïeule, Pradier a appris l'existence des inestimables perles roses en même temps que l'endroit où Germaine Langlois les cachait quand elle s'absentait : entre le siège et le dossier d'un vieux fauteuil crapaud ! Vous vous doutez de sa réaction lorsqu'il a su que le mobilier Langlois allait être vendu aux enchères ! Il a couru à la salle des ventes le jour de l'exposition. Avec maman, nous sommes arrivés une minute à peine après lui. Il venait de glisser sa main dans la cachette... Sous ses doigts, il avait senti l'écrin. Mais il n'a pas osé le retirer devant nous, bien sûr ! Seulement, quand maman a fait l'acquisition du fauteuil crapaud, il a essayé de le lui racheter ! Devant son refus, il a tenté de la cambrioler... Vous connaissez le reste de l'histoire...

— Mais comment Pradier a-t-il pu remonter jusqu'à moi ? demanda encore Arlette, intriguée.

— Tout simplement en nous filant ! » avoua François.

Mona poussa un gros soupir.

« C'est vrai que vous allez repartir ? dit-elle à Claude tout en caressant Dagobert.

— Oui, mais nous reviendrons te voir un de ces jours. D'ici là, sois bien sage !

— Je vous le promets à tous ! » déclara gravement la petite fille.

Un instant plus tard, les Cinq rentraient

chez eux préparer leur départ. François et Annie étaient tout contents de savoir Pradier et la bande des fraudeurs en prison. Mais Claude et Mick pensaient déjà à de nouvelles aventures.

Et Dago aussi, je crois bien.

Table

Dans la même collection...

Mademoiselle Wiz,
une sorcière particulière.

Mini, une petite fille
pleine de vie !

Fantômette,
l'intrépide
justicière.

Avec le Club des Cinq,
l'aventure est toujours
au rendez-vous.

Kiatovski,
le détective en baskets
qui résout
toutes les enquêtes.

Dagobert,
le petit roi
qui fait tout à l'envers.

Rosy et Georges-Albert,
le duo de choc
de l'Hôtel Bordemer.

Avec Zoé,
le cauchemar devient
parfois réalité.

BIBLIOTHÈQUE
ROSE

Composition *Jouve* – 53100 Mayenne

Imprimé en France par ***Partenaires-Livres*** ®
N° dépôt légal : 11756 – mai 2001
20.20.0301.02/0 ISBN : 2.01.200301-X

Loi n° 49-956 du 16 juillet 1949
sur les publications destinées à la jeunesse